長崎の原爆で終わった抑留

――イギリス人修道女の戦争体験記

マリー＝エマニュエル・グレゴリー著

大橋尚泰 訳・解説

えにし書房

長崎の浦上地区の上空で空中爆発した原爆のきのこ雲
（長崎市・長崎原爆資料館編『長崎原爆戦災誌』第一巻より）

はしがき

本書は、第二次世界大戦中に長崎の敵国民間人むけの抑留所に収容されていたときに原爆を体験したイギリス人カトリック修道女がフランス語で書いた回想録『日本でとらわれの身となったヌヴェールの聖ベルナデッタ修道会の一修道女——その原爆による解放』*Une religieuse de Nevers de la Congrégation de Sainte-Bernadette Captive au Japon - Sa libération par la bombe atomique*, Tarbes, Imprimerie des Orphelins-Aprentis, 1947 の全訳に、訳者による解説「敵国民間人の抑留とマリー＝エマニュエル修道女」を付したものである。

著者のマリー＝エマニュエル修道女は、イギリス生まれでありながらカトリックに帰依し、ルルドの泉に関連の深いフランスのヌヴェール愛徳修道会に所属して、フランス語も完璧にマスターしていたが、この修道会が大阪府寝屋川市の香里（こうり）に設立していた聖母女学院で英語を教えられる修道女が必要になったことから、昭和十五年（一九四〇年）春に同校の教師として来日したところ、翌年に日米戦争がはじまり、まもなくイギリス国籍だったために敵国人として神戸の敵国人抑留所に集められ、ついで長崎に移送され、ここで原爆に立ち会うことになった。

原書はホチキスで中綴じした四十ページ前後の小冊子だが、日本やフランスの図書館にはほとんど所蔵がなく、その存在自体、おそらく研究者の間でもあまり知られていない。たまたま古書として入手した訳者は、一読して軽い驚きを受け、ここで訳さなければ永久に日の目をみることはないかもしれないという思いから、あえて訳出した次第である。

訳語の選択にあたっては、なるべく当時の一般的な日本での言葉づかいを尊重しようとした。たとえば、抑留施設については、役所では「抑留所」という言葉が使われていたが、一般の人々は「収容所」と呼んでいたようだし、もとのフランス語にも近いと思われるので、こちらを採用した。適宜、「抑留所」と読み替えていただきたい。キリスト教の用語も、とりわけ戦後の第二バチカン公会議を機に大きく変わっており、必ずしも現在カトリックで定められている用語には従っていない。そのようなわけで、いくつかの訳語に違和感を覚えられる向きもあるかもしれないが、ご寛容いただければ幸いである。原文にない言葉はきっこう括弧〔　〕で補った。訳注は*印をつけて本文末尾にまとめた。

日本でとらわれの身となった
ヌヴェールの聖ベルナデッタ修道会の一修道女
――その原爆による解放

なにも妨ぐるものなし*1
一九四七年四月二十六日
代表検閲者
〔ルルド〕聖域長L・リコー

印刷可
一九四七年五月一日、タルブにて
司教総代理フールポム猊下

われらが善良なる天の母〔聖母〕に対する
まさに子が親に捧げるような感謝の讃辞
このお方によって、このお方とともに、私はささやかなマニフィカト*2を歌います。

第1章　香里にて、一九四〇〜四二年

〔一九四〇年〕三月三日から四月十三日までの五週間におよぶとても快適な旅ののち、いとしい香里（こうり）の共同体に合流することができ、どれほどうれしかったことでしょう。

すばらしい聖母〔女学院〕の門をくぐりながら、私は勇気と寛容に満ちみちるのを感じ、ここで善良なる院長（メール）マリー＝クロチルド様[*3]と修道女のみなさんに、このうえなく温かく迎えていただきました。

私たちの学校はなんと美しかったことでしょう。それは単純明快な美しさで、なにも余計なものはありませんでしたが、なにも足りないものもありませんでした……。このおとぎ話のような国に到着したのは、暖かい春のことで、青空に咲く桜がほほ笑みかけ、囀（さえず）る鳥も歓迎してくれているようでした。

要するに、私はこの「安らぎの場」にとても満足しておりました。いうまでもなく、ここに骨を埋める覚悟でやってきたからです。数か月たって墓地を訪れたときも——そこにはすでに私たちの勇敢な宣教師が三人も眠っていたのですが——、私は確乎たる決意をもって自分の場所はここだと決めていました。もとより善良なる神様は私を待ちうけているものをご存知でしたが、その無限の叡智によって、私が夢を見たり、将来の計画を思い描いたりするがままになさっておられたのです。

数週間のあいだ、体を休めながら難しい日本語に挑戦しようと努め、環境になじんでから、しあわせに、また熱心に伝道の場に飛びこみ、ピアノと英語の授業を担当しました。

日本の学校にいて、どのような印象を持ったか、お聞きになりたいと思われるでしょうか。

仕事はとても楽しく、子供たちも感じよく思われ、あの子たちをこれほど愛してくださっている善良なる神様のことを、幾度話してあげたいと思ったことでしょう。子供たちのみごとな礼儀のよさには驚かされました。ヨーロッパ風の制服を着ているのを見ると、フランスかイギリスのどこかの学校がそっくりそのまま日本に移ったのではないかと思ってしまうほどです。ただ、どの子も目が黒く、髪も黒いので、この印象は一時的なものとして、すぐに消えてしまうのですが。

生まれつき従順で注意ぶかい日本の子供たちにとって、規律正しくすることは苦行ではないのです。もし全員教室にいる時間に見学にこられたなら、「聖母」の子たちはいまや千人を超えているというのに、話し声一つせずに静まり返っていることに驚かされることでしょう。まったく誇張ではなく、ここは修道院ではないかと錯覚してしまうほどです。しかし、休み時間のあの子たちをご覧になれば、口は達者だし、手足は動かすし、遊びやスポーツに関しては日本の子たちもヨーロッパの子たちにひけをとらないことがおわかりいただけると思います。

一九四〇年の日本は、まずまず幸福そうにみえました。食べ物も豊富で種類が多く、物質的にはなにも不足はありませんでした。ただし、なにかしら居心地の悪さがありました。そう、なにかが欠けていたのです。

「自由」が。学校だけでなく、家庭の私生活においてさえ、軍国主義と服従精神が幅をきかせていることに驚かざるをえませんでした。そう、私たちのいとしいフランスであれほど尊重されている、神の子たるにふさわしい心地よい自由というものが、日本にはほとんどなかったのです。支那の地でいくつかの勝利を挙げたことで、日本人は野心と傲慢を刺激されていました。

毎週毎週、いとしいヨーロッパの国々について悲しい知らせがもたらされていました。真相を知ることができず、なつかしい本部修道院や他の支部修道院から隔絶されていると感じるのは、なんと不安だったことでしょう。一九四〇年には、まだ日本は戦争になっておりませんでしたので、クリスマスの真夜中のミサにもでることができました。天にましますわれらが父に、どれほど全身全霊で熱心に祈りを捧げ、不幸なヨーロッパの国々を憐れみくださいますようにとお願いしたことでしょう。よもや、翌一九四一年には東洋で新しい火の手があがり〔十二月八日の真珠湾攻撃〕、美しい十二月二十四日の真夜中のミサができなくなろうとは、夢にも思っておりませんでした。

一九四一年の初めから、突然この国に変化が起こり、未来の不確実さが日ましに高まってゆきました。多くの外国人、とりわけ司祭や修道女が嫌疑をかけられ、検挙されてゆきました。話題になるのは、スパイや諜報活動のことばかりでした。六月になると、司教、小教区の主任司祭、[*4]学校の校長は全員辞職して日本人に職を譲るようにという命令がだされました。

九月初め、アメリカ国民とイギリス国民は全員、日本を離れるように領事や大使から要請されました。それでも日本に残るというなら、なにかあった場合は自分たちの責任だというのです。こうして多くのプロテスタントの宣教師や、カトリックの宣教師までもが、頼みの綱を断ち切られ、伝道の場を離れて祖国に帰ることを余儀なくされました。

年が押しせまるにつれて、戦争の暗雲がたちこめ、反米・反英の宣伝活動（プロパガンダ）がますます盛んになってゆきました。しかし、あの子たちは、あいかわらず私たち外国人に対してとても親切でした。早くも食糧難という形で、困窮がはじまりました。政府は味のよい日本米を輸出し、栄養の質という点ではるかに劣る印度支那米を輸入していました。パン、肉、さらには野菜や果物までもがますます手に入りにくくなり、牛乳や卵などはほとんど見かけなくなりました。もう外国人が旅行をすることはなく、日本人でさえ許可証がなければ移動できなくなり、その許可証も非常に入手しづらくなっていました。娯楽の集まりはすべて禁止され、まるで圧迫によってこの国が息を止められ、あらゆる方面から締めつけられているようでした。

ついに一九四一年十二月八日、突如として戦争の黒雲に雷鳴がとどろきました。ワシントンで平和の交渉が試みられていた最中に、卑劣にも日本が真珠湾を攻撃したのです。藁に火がついたように、日本はアメリカ、イギリス、およびその植民地と交戦を開始しました。

まさにこの日、二人の警察官が聖母にやってきて、訊問され、持ち物がすべて調べられたのでした。修道女はスパイではないし、戦争や政治とは一切関係がなく、善良なる神様の支配がやってくるようにと祈ることだけが唯一の義務なのだと説得しようとしたのですが、それは困難なことでした。二人の警察官は、念入りなことに、わずかな所持品のなかから手紙、写真、黙想の手帳を選んでサンプルとして取りあげ、立ち去りました。寝ていたベッドや下着の置いてある棚などまでも探していましたが、居場所がとても狭く、所持品が非常に少ないことに、とても驚いているようでした。この警察官は、しばらくのあいだ毎日おいでになったので、守護天使と呼んでさしあげることにしたのですが、その後は一日おきにいらっしゃるようになり、結局あまり強敵ではないことがご理解いただけたようで、週に一回お見えになるだけで満足されるようになりました。お越しになったときは、マリー＝ヴェロニックに通訳になってもらって一緒に応接室に行き、そこで訊問に答えねばなりませんでした。

数か月間、そこそこ平穏に生活がつづけられ、授業をつづけることもできました。ただし、もう外出する権利はなくなっていましたが、もともと外出したいと思っていたわけではありませんので、この禁足令はほとんど犠牲（くるしみ）とはなりませんでした。

一九四二年初頭、日本政府は鉄、銅などを回収しはじめました。私たちも学校の入口の大きな門を供出しなければならなくなりました。門は取り壊され、数週間のあいだ地面に横倒しにされていましたが、結局、お金を払って他のくず鉄や銅の手すりなどと一緒に引き取ってもらうことになりました。ありていにいえば、ほとんど泥棒同然でしたから、こうしたことをご覧になったあわれな院長マリー＝クロチルド様のお気持ちはいかばかりだったか、お察しいただけることと思います。

四月頃、新しい犠牲を求められることになりました。敵国外国人ということで、教えることが禁じられたのです。それだけでなく、子供たちに会うことも、子供たちが会いにくることもできなくなりました。仕事が大好きでしたので、これはとてもつらいことでした。それ以後、ほんとうに孤独な生活を送らなければならなくなり、ごく小さな音楽室にこもって、手仕事をしたり、日本語の勉強をしたりして時間をすごすようになり、院長マリー＝クロチルド様には「カルメル会修道女のようになってしまいました」[*5]といいました。同僚の修道女は、すでに仕事で手一杯だったのに、さらに私の英語とピアノの授業まで担当しなければならなくなり、気の毒でなりませんでした。

　私の机の上に、花やささやかな贈り物が置いてあるのを、何度目にしたことでしょう。それはあの子たちからの同情のしるしだったのです。

第2章　神戸にて、一九四二～四四年

一九四二年の夏は極度に暑く、ひどい疲労に見舞われました。院長マリー＝クロチルド様をはじめ、共同体の修道女たちの多くが一、二週間のあいだ床につくことを余儀なくされました。私もその一人でしたが、ようやく床を離れたばかりの九月二十二日、「明日の朝八時に他のイギリス人と一緒に収容されることになったから、ここを出る準備を整えておくように」といい渡されました。どこに収容されるのかは教えてくれませんでした。この面会のとき、例の警察官がこういいました。「いま大阪府庁に差し押さえられている小さな手帳のなかで、あなたは『神が与えるどのようなつらい苦しみも甘んじて受けいれるつもりです』とお書きになっていますね。それでしたら、神の御心のままに、この建物を離れ、収容されてください。」これほど綿密にあの小さな手帳が調べられていることにも驚きましたが、この世俗の警察官から、私自身の言葉でお説教をされることになろうとは、どれほど驚かされたことか、お察しいただけると思います。

出発の準備は、いうまでもなく、とても悲しいものでした。このような状況で共同体を離れ、見知らぬ道に進むというのは、つらいことでした。先輩のみなさんは、私を励まそうとして、きっと何週間かすれば祖国に帰還するための船が出るだろうし、そうしたらイギリスにいる仲間にも再会できるだろうといってくれました。しかし、こうした言葉はそれほど慰めになったとはいえず、私にとってずっと理想の院長だったマリー＝クロチルド様の両腕から離れるのは、ほんとうに胸が掻きむしられる思いでした。

香里で最後にしたのは、聖櫃（せいひつ）[6]の前で誓願[7]を新たにすることでした。なんという偶然の一致。私が永久誓願を立てたのは、ちょうど一年前のおなじ日だったのです。

香里から目的地の神戸までの旅は、つつがなくおこなわれました。大阪府庁につくと、ここで「ショファイユの幼きイエズス修道会」[8]の修道女一人と四人のアメリカ人女性が合流するということなので、この人々が到着するのを待ちました。ようやく大阪府庁の四人の警察官につき添われ、新しい住みかとなる神戸のイースタン・ロッヂにつきましたが、ここは印度人のホテルで、木造の山小屋のような感じでした。聖心[9]の修道女やショファイユの七人の修道女など、あわせて二十人ほどの修道女がおりましたが、そのほかに三十人ほどの世俗の人々がいて、男も女もいましたが、多くは開戦のときから日本人によって検挙・収容されてきたプロテスタントの宣教師で[10]、この人たちが神戸に連れてこられたのは、機会があり次第、交換船で退去させるつもりだったからです。あわれな人たち。私たちと同様、終戦まで収容されつづけることになろうとは、思ってもいなかったのです。

神戸での生活については、なにをお話ししたらよいでしょう。それほどひどかったわけではなく、私たちは建物内で収容者としての義務を果たしながらも、できるかぎり宗教生活をつづけようとしました。もっとも大きな欠乏は、霊的な救いが欠けていたことでした。ミサと聖体拝領[*11]は週一回しかありませんでした。物質的には不足はなく、かなりの食事も与えられ、ときどきは散歩にも連れてゆかれましたが、これについて警備係は「みなさんの健康のためを思って」のことだといっていました。ですから、仕事やあの子たちから離れていても、伝道の生活は継続できると確信していました。確かなのは、善良なる神様が私たちの祈りや犠牲をしりぞけられはしなかったということです。

霊的実践、掃除や針仕事などを別にすると、私たちはギリシア語、ラテン語、フランス語、英語、日本語の授業を開くことにしました。だれもがこうした機会を利用して、善良なる神様のお決めになる未来に備えようとしていました。

最初の年、すなわち一九四二～四三年は、私はフランソワ・ヴィヨ[*12]の『ドラヴェンヌ師[*13]とヌヴェール愛徳修道会』という本を英語に訳すことに時間をついやしました。相当に困難なこの作業を助けてもらうために、聖心のある修道女に協力していただきましたが、この方は二つの言葉を完璧にあやつり、しかも文学的な才能もありました。この翻訳を終え、校正し、タイプライターで打ち終わると、ラテン語と日本語の勉強に余暇をついやしました。この神戸ですごした二年間は、それほど孤独だと感じることはなく、ときどき神戸のショファイユや聖マリア女学校の善良なる院長様たちが会いにきてくださろうとしたり、励ましの言葉を添えた甘いものを差しいれようとしてくださいました。

ある日、カスタニエ猊下(げいか)[*14]の葬儀のために院長マリー＝クロチルド様が神戸にやってこられ、この機会に私に面会しようとしてくださいましたが、あわれな院長様は会わずに立ち去ることを余儀なくされました。大阪府庁からの書面での認可がなければ許可することはできないと当局にいわれたからです。かわいそうな院長様は、どれほど失望されたことでしょう。また、それを知った私にとっては、なんという犠牲（くるしみ）だったことでしょう。

この神戸での長い期間のあいだも、まだ戦争についての知らせは伝え聞いていましたが、あれはほんとうのことだったのでしょうか。ドイツの宣伝活動（プロパガンダ）は勝利しか告げず、日本軍もけっして敗れることがなかったのです……。

一九四三年九月、一緒にいた五人のアメリカ人が〔第二回日米〕交換船で退去しましたが、このときカトリックとプロテスタントの多くの宣教師がこの第二の祖国を離れざるをえなくなりました。しかし、私たちイギリス人が退去できる望みはごくわずかで、日本とイギリスの交渉ははるかに実現困難に思われました。一九四三年の終わり頃、日本軍が初めていくつかの敗北を喫し、[*15]その頃から激しい爆撃がはじまるようになり、それが軍需生産や各種産業におよぶことで、この国は麻痺してゆくことになりました。物資の補給がますます困難になり、隠そうとする当局の努力にもかかわらず、軍事政権への不満が感じられるようになってゆきました。

昔から神戸には多くの外国人が住んでいましたが、いまや感情は急変していました。外国人、とくに敵国外国人に対して、人々が敵意を示すようになっていたのです。その結果、もう商店では、収容者や俘虜（ふりょ）のために調達する食糧を売ろうとはしなくなりました。食事も以前ほどおいしいものではなくなり、豊富でもなくなりました。こうした敵意の高まりは、とくに散歩のときに感じられるようになり、警備係の保護がなかったら安全ではいられなかったことでしょう。

ある日、散歩のとき、神戸の大通りを歩く必要があったのですが、長い列（いつも二列になって歩かなければなりませんでした）の先頭グループが立ちどまり、歩きつづけるのをためらっていることに気づきました。その場所までできて、立ちどまった理由がわかりました。道路の幅いっぱいに、油絵でアメリカとイギリスの国旗が地面にとてもうまく描かれていたのです。歩行者も自動車も、馬も人力車も、この二つの国の国旗を踏みつけなければなりませんでした。たいしたことではなく、傷つけられたわけでもありませんが、ここには一九四三年終わり頃の人々の気持ちがはっきりと表れていました。

神戸では、空襲に対する準備と訓練がつづいていましたが、こうした準備は、激しい爆撃に対しては役に立たないものでした。実際のところは、人々の戦闘精神を維持しようとしていたのです。結局、日本人は破滅が待ち受けているなどとは夢にも思っていなかったのです。

一九四三年十二月二十五日、収容所での二回目のクリスマスは、なにも変わったことはなく、もちろん真夜中のミサもおこなわれませんでした。赤十字からいくつか救恤（きゅうじゅつ）の小包が届きましたが、その中身はとても有り難いものでした。バチカン、アメリカ、イギリスとその植民地からも、同情と励ましのメッセージが寄せられました。

第3章　長崎にて、一九四四〜四五年

一九四四年の五月頃、大阪・神戸とその周辺が危険にさらされていることから、もっと安全な場所に移送されるという噂が流れました。これは私たちにとってうれしいことではありませんでした。未知のことに対しては、すこし怖れを抱くものだからです。もし神戸を離れたら、あれほど善良なショファイユの聖マリア女学校の院長様たちとはもう関係が切れてしまうだろうと感じていました。ついに六月二十三日、兵庫県の外事課の課長がやってきて、ここ二、三日のうちに長崎に移送されることになったと、大仰な口調で告げました。

新しい〔長崎の〕収容所には修道司祭や在俗司祭[*16]が収容されていましたが、この方々は私たちと入れ替わりに神戸に移され、他の二百人ほどの収容者と一緒にこの近く〔神戸の再度山（ふたたびさん）〕の施設に収容されることになりました。長崎にはマットレス、毛布、シーツ、蚊帳などは置いてないということでしたので、可能なかぎり各自で持ってゆく必要がありました。

私は許可を得て院長マリー＝クロチルド様に手紙を書き、近々ここを出発することになったとお知らせしました。院長様は多くの形式的な手続きを踏み、許可を得て神戸に会いにきてくださいました。再会でき、どれほどうれしかったことでしょう。離ればなれになって二年、どれほどたくさん話すことがあったでしょう。許された貴重な時間はまたたくまにすぎ、別れを告げなければならなくなりました。また会えるのは、いつのことでしょう。それは善良なる神様のみがご存知でした。そして恩寵と未来の不確実さに立ちむかう力を与えてくださることができるのも、善良なる神様を措いてほかにありませんでした。

かわいそうな院長マリー＝クロチルド様。院長様も不安を抱いておられたのです。それを吐露するのは、なんと困難な、不安なことだったでしょう。院長様は、食糧面では、それほど共同体に欠けているものはないと仰っていました。修道女アンドレがぎりぎり必要なものをうまく手に入れ、とくに狭い土地〔校庭〕の一画を耕しはじめてからは、もうとても入手が難しくなっていた野菜がとれるようになったということでした。院長マリー＝クロチルド様のもっとも大きな気がかりは、私たちの美しい学校が政府に接収され、病院その他のために使われるのではないかということでした。しかし、院長様が神様にお寄せになっていたこれ以上ないほどの信頼は、神様と聖母様の御心に届いていたのでした。すばらしい聖母女学院を取りあげようと、いろいろな方面からさまざまな画策があったにもかかわらず、建物は無傷のまま残り、私たちの勇敢な共同体は、ずっとそこで善良なる神様の活動をつづけることができたのです。[*17] しかし、十二歳以上の子供たちは軍需工場で働かねばなりませんでした。

重い荷物はあらかじめ発送され、私たちが出発したのは七月一日、土曜日のことでした。八人の警備係につき添われ、午後四時に神戸を離れました。この移動はなかなか疲れるもので、厳しい暑さのなか、私たちは折れ重なるようにしていましたが、さいわい席は予約されていました。汽車は混んでいて、貧しい人たちが大勢立ったまま、あるいは床に寝たまま夜をすごしていました。夜どおし一睡もしなかったのは私だけではなかったはずです。息づまるような暑さに加え、窓もブラインドもぴったりと閉まっていたのに、手も顔も煤(すす)でまっ黒になりました。日曜の朝は、聖母マリアの御訪問の祝日*18だったので、私なりに、世界中で執りおこなわれているすべてのミサにあづかり、ミサと一体になろうと試み、私たちの修道会のことや、はるか彼方のヨーロッパの国々で耐え忍ばれているあらゆる苦悩に思いを馳せたのでした。最後に、「善良なる神様にとって些細なことはなにもない」と確信して信頼を寄せながら、私の小さな試練の数々を、ご判断に供しようとしました。

長崎へは午後四時頃に到着しました。駅で待ちうけていたのは、長崎県庁からやってきた、高官と思われる警察官の服装をした一団でした。この人たちに深々とお辞儀をしなければならず、かわりに、つま先から頭まで、じろじろと眺められました。二列に並ばされ、少なくとも十回以上は人数をかぞえられました。その後、イギリス人のいう「堂々たる鰐(わに)」のように整列させられたまま、長崎駅をあとにしたのですが、物見高い群衆にかこまれ、とりわけ修道女は異様な生き物ででもあるかのように凝視(みつ)められました。

駅からはトラックでの移動でしたが、収容所は丘の上にあったので、重いかばんを引きずってよじ登る必要がありました。疲れ、煙で黒くなり、相当に気が滅入りながら、ようやく新しい住みかにたどりつきましたが、ここが以後十五か月間「わが家」となったのです。

収容のあいだに学んだ教訓は数多くありますが、その一つは、「身に起こることはすべて私たちにとってもっともためになることなのだ」という確信をもちながら、善良なる神様のなすがままに任せる必要がある、ということでした。長崎への移動は、たしかにこの真理の一つの例証となりました。すべてが暗闇に包まれたように思われていたあの時期、「神様は私たちに適したことをご存知である」と信じるのは困難なことでしたし、日本屈指の要塞化された街だった長崎からは、軽視されているという噂のあった外国人でさえ全員退去させられていたほどでしたから、長崎に移されるというのは危険にさらされることだと思われました。しかし、危険が存在したにもかかわらず、また実際に死にさらされる機会が幾度もあったにもかかわらず、善良なる神様と聖母様が見事に守ってくださいました。それに引きかえ、心残りのまま離れた神戸の収容所は、爆撃によってすっかり破壊されたのでした。[19]

私たちの新しい住居となったのは、街からすこし外れたフランシスコ修道会に属する通学制の小神学校[20]の校舎でした。すぐ隣には修道院〔聖母の騎士修道院〕が建ち、ここにいる善良で聖なる修道士たちは大部分がポーランド人でしたが、そのなかには三人の司祭様もおられ、[21]約四十人の日本人の若者を育て、宗教生活へ導こうとしておられました。

並外れた清貧と聖性の生活を送っていたこの善良なるフランシスコ会の人々は、私たちにとって、いわば避雷針のような存在でした。この信仰に生きる人々が近くにいることで安心することができましたし、きっと、この方たちの祈りと犠牲によって私たちは守られていたのです。しかし、この方たちにも苦悩がありました。日本の当局によって神学校の校舎は接収され、収容所に変えられていましたが、さらに修道院も手ばなすようにと、何度も脅されていたからです。神学校の若い生徒は戦争に駆りだされ、もっと若い生徒は工場で日々働いていました。

修道院と学校は、善良なる修道士たち自身によって建てられたもので、山の中腹にありました。ほんとうにすばらしい景色でした。すこしの土地も無駄にされてはおらず、山々まで雛壇になって耕されていました。空気はとても澄み、戦争中でなかったら、ここに滞在すれば健康になったことでしょう。

ここは通学制の男子校で、寝泊まりするのに必要な設備は――とくに半数が修道女だった女性たちにとっては――そなわっていませんでした。既婚男性とその妻は一階の教室を間仕切りで仕切って寝ることになり、二階の大部屋は修道女と独身女性の共同寝室となりました。じつをいうと、この部屋に三十人ほどで寝るというのは、あまり気が進みませんでした。カーテンもなく、ベッドとベッドの間隔がわずかしかなく、椅子は全員に対して十脚ほどしかなかったからです。しかし、さいわいなことにベッドは一人一台づつあり、マットレスを持っていた者はうまくしつらえましたが、私は持っていなかったので、十五か月間、鉄のベッドの上で、スプリングもなく、マットレスもなく、できる範囲でしつらえました。さいわい、よい毛布を持っていたので、夏のあいだはこれをマットレス代わりにし、また蚊帳も持っていたので、これを吊ることで、個室で一人きりでいると想像することができました。なんとか最初の夜は眠ることができ、そのうちに、必要なものも持っていない以上、なしで済ませることに慣れねばなりませんでした。

翌朝、私たちがまっ先に考えたのはミサのことでした。共同寝室の隣には礼拝室があり、ここを礼拝堂として使うことができました。祭壇、聖櫃、美しいルルドの聖母像、それに十字架の道行き*22まであリました。ある修道女がこの部屋からでるとき、祭壇に置かれた「神の仔羊（こひつじ）」*23の下に封筒が隠されているのに気がつきました。その手紙は、この収容所にいたフランス系カナダ人の神父様*24の一人が神戸に移送される前に書いたものでした。私たちがやってくるのを知り、ここの警備係たちについて注意をうながそうと考えたのです。この手紙の一節を引用すれば、私たちが覚悟しなければならなかったことについて、おわかりいただけるでしょう。

そこには、「修道女のみなさん、詐欺師と悪党の巣に落ちてしまいましたね」と書かれ、四人の警備係のことが紹介されていました。そして戦争は無限につづくわけではないという考えによって励まそうと試みられていました。とりわけ、霊的救済の権利があることを重視してほしいと切望されていました。なぜなら、「あの警備係たちは、たんなる異教徒ではなく、反キリスト教徒でもある」からでした。こうした情報は励みになるものではありませんでしたが、ここでもまた、何によっても誰によっても、善良なる神様から引き離されることはなく、私たち各人のなかには聖なる三位一体が存在しているのでした。このとき、私がまだ修練女[*25]だったときに修練長様がおっしゃっていた「耐乏という恩寵こそ、えりすぐりの恩寵なのですよ」という言葉を思いだしました。実際、私たちは聖なる三位一体の神殿なのであり[*26]、聖なる三位一体がすべてを埋めあわせてくれ、私たちが神様そのものを所有しているのである以上、すべてを持っているわけであり、なにも欠けたものはないのでした。

ミサについて警備責任者に尋ねたところ、「ポーランド人の神父は敷地の柵を乗り越えてはならず、それは固く禁じられている」という答えが返ってきました（私たちのいる場所はあの人たちの所有地だったのに）[*27]。さらに、「もしミサをしたいのなら、大勢いらっしゃるのですから、それぞれ順番になさればよいでしょう」というのでした。あわれなこの男性は、宗教、とくに美しいカトリック教について、なにも理解していなかったのです。私とおなじ国〔イギリス〕のプロテスタントの宣教師が、男も女も毎朝順番に礼拝をおこなうのを見ていたので、それとおなじようにすればよいと思ったのでしょう。

ここで、プロテスタント宣教師についてすこし触れておきたいと思います。この善良な人々は、自分たちの宗教に非常に熱心かつ真摯で、まぢかにカトリック信者——とくに修道女——に接していたので、それまで抱いていた多くの偏見を捨て去っており、霊的救済〔ミサ等〕が奪われている私たちを見て同情さえ示してくれました。しかし、あれほど教養があり、知的であるにもかかわらず、自分たちが正しくて私たちがまちがっていると確信しているというのは、驚くべきことでした。自分たちが教養のなかで同意できない部分や理解できない部分について、何度、私たちに理由を尋ねてきたことでしょう。しかしながら、そのうちの一人も改宗させることはできませんでした。いつの日か、この人たちも神様の恩寵にあづかり、目からうろこが落ちることになるのかどうかは、神のみぞ知るところです。いずれにせよ、このような状況に置かれてこそ、「信仰」というこの偉大な賜物が有り難く思われ、かくも多くの貴重な恩寵を与えていただいた、かくも善良なる神様に対する感謝の念で心が満たされるのを感じるのでした。

ここに到着してから三週間後、幾度となく要望したあげく、私たちの嘆願が東京まで届けられ、ようやく一週間おきに、金曜日の六時三十分に聖なるミサを執りおこなう許可が得られました。小教区の主任司祭を務めていた日本人の神父様に来ていただくことになったのです。その日は、この神父様の小教区では、聖なるミサはおこなわれないことになりました。かわいそうな神父様は、ミサの前にも後にも警備係たちから訊問されましたから、こちらにお越しになるのはご面倒だったにちがいありません。礼拝堂では必ず二人の警備係が監視し、とくに聖体拝領の瞬間には非常に注意ぶかく凝視めるのでした。メモ書きかなにかを手渡すのではないかと疑っていたようです。私たちは礼拝堂にご聖体を安置しておくことができて非常にしあわせに感じ、聖櫃、すなわち私たちと同様にとらわれの身となったイエス様の近くに行くことで、日々の生活の困難に耐える力をいただくのでした。

長崎での滞在は、たしかに薔薇色のことばかりではなく、苦労して「ひたいに汗を流してパンを食べる」[*28]必要がありました。食事のメニューは複雑なものではなく、米とゆでた野菜（かぶ、にんじんの葉）だけという、これ以上ない質素なもので、量もわずかしかありませんでした。このような食事なら、まったく病気になる気づかいはありませんでした。しかし、仕事は相当につらく疲れるもので、建物でのあらゆる家事を終えたあとで、けた外れの暑さになる日本の七月と八月のあいだ、まさに強制労働と呼びたくなるような作業を三時間から四時間もおこなう必要があったのです。

空襲の危険が高まったことを受け、私たちに防空壕を掘らせるようにという命令が県庁から警備係たちに伝えられたからです。一緒にいたとらわれの男性たちは、みな六十歳を超えていて、食事も十分にとっていなかったのに、照りつける太陽のもとで掘ることになりました。私たち女性もこの仕事を手伝わねばならず、石や岩の破片を集めて籠に入れ、歩いて十分かかるところまで運び、谷底に投げ捨てるのでした。たしかに、私たちは苛酷な日々をすごしていたのです。この重労働を終えると、ぐったりして汗まみれになり、精根尽き果てました。私よりも体の弱い仲間で、体力の消耗と悲しみから、ベッドに身を投げて泣く者も何人か見ました。三週間この作業に従事したのち、ある日、県庁の高官の一人が防空壕を視察にやってきて、このような防空壕では一度の爆撃にも耐えられず、こんな中に入ったら最初の衝撃で押しつぶされてしまうといって非難しました。これにより、この無駄だったように思われた作業に、当然ながら終止符が打たれました。

しかし、善良なる神様からご覧になれば、これも無駄ではなかったと願っております。

それからしばらくして、市街から水を汲み上げる機械が故障し、水が不足するようになりました。どうしたらよいのでしょう。五十人ほどの需要を満たすには、たくさんの水が必要でした。そこで、バケツを持って山を下り、歩いて三十分ほどのところに掘られた井戸に水を汲みにゆくようになりました。どうしても毎日二、三往復する必要がありましたが、とくに帰りが大変でした。しかし、こうした些細なことについても、神様が私たちのことを気にとめてくださいますように。

九月の激しい暑さ、過労、栄養不足によって疲れていた私たちは、「日々のパン」を増やしていただくように善良なる神様にお祈りしなければならないと考えました。九日間の祈りの三日目、[*29]赤十字から救恤（きゅうじゅつ）の小包が配られることが知らされました。感謝のしるしとして、九日間の祈りが終わると、さらに九日間の祈りをはじめました。

この頃のことでしたが、ある夜、私たちの頭の真上で空襲があり、[*30]あやうく死ぬところでした。友軍であるアメリカ軍は、私たちのすぐ近くにある、山の反対側の飛行場を狙っていたのですが、そのうちの何人かが山をまちがえ、こちらにやってきたようでした。まっ暗な夜でしたが、警備係たちは私たちよりも怯えたようすで、あとについてくるように指示し、二つの岩場のあいだのくぼ地に避難させようとしました。建物から外にでたばかりのとき、すさまじい音とともに飛行機が頭上を通過し、建物をなぎ倒すかにみえました。一秒後、光があり、轟音がして、すぐそばに爆弾が落下しました。全員地面に倒れ、ほとんど死人のようになりながらも、心のなかでは祈りを捧げていました。まわりで多数の火の手があがり、それから三時間、まさに空中戦と呼ぶべきものがつづき、地面にうずくまってやりすごしたのですが、そのあいだ爆弾をさえぎるものといっては、何本かの樹があるだけでした。危険が去って建物に戻るときは、追い打ちをかけるように滝のような雨に打たれ、骨まで沁み入りました。ようやく朝の四時半頃になり、警備係から六時半まで就寝することが許可されました。朝七時と夜八時には点呼があり、これは欠席することはできませんでした。この仰々しい集まりでは、非常に礼儀正しく起立したまま、自分の番号を告げ、警備係の意見を拝聴し、きちんと感謝のお辞儀をしてから、各自の仕事にむかう決まりでしたが、十五か月間、一度も点呼を欠かしたことがなかったのは私だけでした。夜には八時三十分ぴったりに就寝・消灯する必要がありました。病気その他の理由で点呼にでられない場合は、警備係の事務所の黒板に欠席の理由が書きこまれるのでした。

長崎では、ほとんど勉強する時間はありませんでした。二頭の牝牛（めうし）を飼うのに必要な草を刈り、牝鶏（めんどり）と兎（うさぎ）の世話をし、さらに二匹の豚と二頭の羊まで加わったからです。こうした動物たちはイギリス政府のお金で購入されたのでしたが、私たち収容者はこの小さな牧場の仕事を一手に引き受けながら、その恩恵にあづかることはありませんでした。神学博士でもあった収容者会長によるたび重なる抗議の結果、ようやく毎日コップ半分の牛乳がもらえるようになりましたが、その他の動物は私たちのつれづれを慰めるだけでした。警備係の一人が鶏小屋の鍵を持っていて、毎日十二個ほどの卵を抱えて戻ってくるのが目にされましたが、それは同僚と分配されていました。兎の世話を担当していたかわいそうな修道女は、兎が繁殖しないといって警備係から非難されていました。その修道女は、お言葉を返すようですが、それは自分のせいではありませんと答えながら、その仕事に満足できないでいました。

この牧場での仕事に加え、かわいそうな男たちは毎日二回か三回、丘を下り、石炭などの荷物を運びあげるのでした。もしも食事が十分であったら、とても健康な生活だったはずなのですが、実際には体力を消耗し、目にみえて痩せてゆきました。

この食糧難の日々には、善良なる隣人のフランシスコ会修道士のみなさんが大いに助けてくださいました。そのなかに一人、とても英語の上手な方がいて、もちろん警備係には知られないようにして、折を見て戦争のニュースを知らせてくださいました。ときどき、修道士や小神学校の生徒全員で祈っているといって、短い励ましの言葉を送ってくださったり、パン、ビスケット、さらには果物をうまく差しいれてくださいました。こうしたやり取りは、すべて警備係のすぐ近くでおこなわれたのですが、まったく気づかれることはありませんでした。お返しに、私たち修道女は、修道士や男の子たちの服をつくろってあげました。靴下をかがったり、継ぎをあてたりするのに必要な道具は、すべて差しいれてもらいました。この作業に関するものは編み籠のなかに隠していたのですが、善良なる神様に助けていただいたお蔭で、私たちにとっても隣人にとってもさいわいなことに、誰もつかまりませんでした。

収容生活三回目のクリスマスとなった一九四四年のクリスマスには、うれしいことに、午前十一時三十分に聖なるミサと聖体拝領にあづかることができました。この日は朝食は抜きにしたいと思っていることを知って、[*31] あわれなプロテスタントの宣教師や警備係はびっくりしていましたが、昼には特別に米と一緒に魚を食べることができ、非常に有り難く感じました。

一九四五年の初め以来、長崎周辺で爆撃が相つぐようになり、東京、神戸、大阪などの都市でも、ほとんど毎日のようにおそるべき空襲がおこなわれていることを知りました。私たちの共同体〔香里など〕からはまったく便りがなく、どれほど不安だったか、ご想像いただけると思います。一月中にショファイユの修道女たちから間接的に聞いたところによると、神戸の聖マリア女学校が大きな損害を受け、修道女が二人死亡し、大阪にある建物の一つにも被害がでたということでした。[32]

とりたてて出来事もなく月日が流れ、生活がつづいてゆきました。冬は非常に寒く、ときどき一階の共同室と呼ばれていた部屋で小さなストーブが焚かれましたが、女性たちがそこに行くことはあまりなく、私たちは二階にある大部屋にいることを好みました。

毎日、昼食が終わると、一時から二時まで一時間の沈黙が守られましたが、この間は、夏は暑さで疲れた体を休めるため、また冬は体を暖めるために、みな横になるのでした。

これは私の好きな時間でした。私は横にはならず、孤独になれる場所を探して、本を手に取って目を通すふりをしながら、夢想にふけるのでした。すこしのあいだ一人になるというのは、とてもすばらしいことでした。そうやって過去に思いをめぐらし、サン＝ジルダール〔ヌヴェールの本部修道院〕のことを思いだしたり、なつかしい私たちの修道会に思いを馳せたり、はるか彼方の、いとしいフランスで逆境に立たされているにちがいない知りあいの院長様たちや修道女全員のことを、善良なる神様にお話しするのでした。未来のことは考えませんでした。いったい私たちに未来があるというのでしょうか。戦争は果てしなくつづくように思われ、まったく私たちはあらゆる人道的な救助から隔絶されているように感じていました。

しかし、聖母様が庇護のマントで守ってくださっていました。建物から遠くないところに、フランシスコ会修道士がつくった美しいルルドの洞窟があって、私が牝牛の草を集めるときの大きなよろこびの一つは、この洞窟のほうに逃がれてくることでした。そこには、とても美しい聖母像の足もとに、小さな聖ベルナデッタ様の像があったからです。そのすぐ近くにひざまづき、けがれなき聖母様と、その小さな打ち明け相手、つまり私たちが姉とも仰ぐお方〔聖ベルナデッタ〕に対し、私たちのいとしい修道会をそっくり庇護してくださるように、またこれほどの危険からお守りいただくようにと懇願するのでした。

復活祭〔一九四五年は四月一日〕が近づくにつれ、もう一度、告解（こっかい）*33のことについて警備責任者に話をもちかけました。以前は警備責任者は耳を貸そうともしなかったので、一週間おきの聖なるミサの前には、日本人の神父様から一般赦免が与えられていました。しかし、滞在が長びくにつれ、私たちは告白の許可を得たいと思うようになりました。今度は警備係が「しかし、その告解とやらは、いったい何なのかね。」と訊いてきたので、私たちは説明しようと試みました。それを聞いた警備係は、なんと、「なにか悪いことをして、打ち明ければ楽になるとおっしゃるなら、私にお話しなさい。聴いてあげますよ。」とおっしゃるのでした……。話し合いと県庁での手続きを重ねたあげく、一人の警備係が礼拝堂で立ちあい、手紙をやり取りしないように見張るという条件つきで、日本人の神父様に告解することが許可されました。こうして願いは叶えられたかにみえたのですが、しかし神父様は英語もフランス語もできず、告解しようとする者は日本語で話す必要がありました。ぜひとも秘蹟による恩寵にあづかりたかったので、その準備をしようと努力したのですが、言葉が難しく、なかなか容易なことではありませんでした。そのうえ、復活祭の二週間のあいだ、まったく典礼はおこなわれず、復活祭の日曜のミサもありませんでした。教会にとって重要なこの日々のあいだ、神父様はご自分の小教区を離れることができなかったからです。この埋め合わせをするべく、私たちは熱意と寛容を新たにし、一緒になってミサを唱え、夜にはベネディクトゥス*34を歌いました。主が私たちの誠意に満足なさっていることを確信しながら。

夏が近づき、日本にとって事態がうまくいっていないことが察せられました。アメリカ軍は執拗に爆撃をつづけていましたが、日本人は屈するようすもなく、それどころか最後の一人まで戦おうとしているようでした。長崎とその周辺も攻撃を受けていました。長崎駅は三度も爆撃されました。ヨーロッパでの戦闘停止[*35]（これは善良なる隣人たちからこっそり教えてもらいました）にともない、アメリカ軍は大きな一撃を加える準備をしていることが予想されました。夜も昼も空襲がおこなわれていましたが、あいかわらず私たちは避難する場所がなく、警備係たちからは、もし攻撃を受けたら建物を救うのが私たちの役目であり、この建物が焼けたり壊れたりしたら、ほかにあてがう建物はないといわれていました。ですから、私たちは六人づつのグループに分かれ、警報が鳴るとすぐに配置につき、水を入れたバケツと、藁の敷物のようなものを用意して、そこで爆弾を待ち構え、火の手があがったら消し止めることが期待されていました。こうして夜となく昼となく、何時間も死を待ち受けていたのです……。その間、警備係たちはどうしていたかというと、サイレンが響き渡るのを聞くやいなや、隣のフランシスコ会のもとに駈けこみ、避難するのでした。ですから、私たちだけで建物を守り、爆弾を浴びていたのです。確かなのは、聖母様が私たちの祈りをお聞き届けになっていたということ、そしてその御腕（み）で、私たちからアメリカ軍の爆撃機を遠ざけておられたということでした。

白昼、青い空のはるか高いところで、太陽の光につつまれて一群の飛行機が銀いろの鳥のように輝くのを、何度目にしたことでしょう。弧を描きながら飛び来たっては飛び去り、まるでこれから何をしようかと相談しあうようにしてから、突然、標的にむかうのでした。しばしば私たちを狙うようなそぶりも見せましたが、すぐ近くまでくると、なにか神秘的な手によって他のところへ導かれるようなのでした。そして爆弾が落下し、おそろしい爆発によって建物が揺すぶられるのでした。炎、たちのぼる煙、標的への命中。こうして十五分おきに戻ってくるのです。ある日、もうこうして建物のなかにとどまって死の危険にさらされていることはできないと感じ、多くの者が目にみえて精神的に動揺しはじめていることを踏まえ、収容者会長が警備責任者に談判にゆきました。

　会長は、警備係のみなさんが死から逃れるために避難しているのだから、収容者も生命を守る権利をもつことが人道にかなうのではないかと述べました。これに対し、警備責任者は、修道士の防空壕は日本人専用のものだから、防空壕が欲しいなら、さっそく土を掘る作業に取りかかるか、またはルーズベルトに頼むがよいと答えました。あわれな大統領は、もう永遠の眠りについていたというのに。[*36] この答えは、もちろん私たちにとって好ましいものではなく、何度も頼んだあげく、とうとう安全だと思える場所に行ってもよいという許可が得られました。怖がりな女たちは、前述の小さな防空壕に隠れたいと考えましたが、しかしスペースがありませんでした。警備係たちが残したいと思うものはすべてそこに置いていましたし、毎晩夕食後はそこに食器一式と調理器具をしまう必要があったからです。警備係たちによると、「もし台所が崩れたりしたら、食器が割れてしまうし、もしそうなったら、代わりの食器はない」からです。台所というのは、収容者むけに急ごしらえで棚で組みたてたものでしたが、疑いもなく四十人ほどの収容者の命よりも食器のほうが大事だと考えられていたのです。私たちの多くは、礼拝堂からあまり遠くない樹の下に隠れにゆきました。

　ある日、ご聖体を担当していた修道女は、隠れていたときに危険がさしせまったと判断し、すぐ近くに善良なる神様がおられた〔＝聖体容器を携えていた〕ので、ご聖体を食することこそ自分の義務であると考えました。[*37] こうして、聖なる現存〔＝ご聖体〕がないままの状態になってしまいました。さらに、ミサの日の朝に警報が鳴ることもよくあり、そうなるとミサはお預けで、聖体拝領もなくなるのでした。いずれにせよ、この最後の数か月間の日々は、精神が極度に緊張していました。いわば死から逃れるために走ろうとしながら、逆に死にでくわす危険にさらされていたのかもしれず、それほど精神も肉体もぎりぎりの状態に置かれていたのです。

八月六日の夜、広島の街が尋常ではない形で攻撃されたことを修道士の一人から聞き、この日、なにか破滅的な出来事が起きたことを理解しました。多くの犠牲者がでて、おそるべき被害が生じていたようでしたが、それ以上のことはわからず、私たちを待ちうけているものを知るよしもありませんでした。警備係のラジオは壊れていて、修道士の持っていたラジオはしばらく前に没収され、警報機も壊れていたからです。

八月九日は、太陽の照りつける、とても暑い日でした。午前十一時頃、草刈りを終えて汗びっしょりになっていた私は、すこし涼むために上の階にある共同寝室に行きました。奇妙な沈黙が支配していました。突然、まるで太陽が爆発したかのように、目がくらむような光がしました。数秒の間があり、ついですさまじい大音響がして、不吉な力によって建物が揺さぶられました。窓ガラスと戸が吹き飛ばされ、天井が浮かびあがり、石膏とガラスの破片がいたるところに散らばっていました。柱時計も絵も床に落ち、混乱をきわめていました。頭上の建物が崩れ落ちるのではないかと思い、私たちは逃げようとして急いで階段のほうに行きかけました。しかし、さいわいなことに、開け放たれていたはずの共同寝室の二つのドアは閉まって通れなくなっていました。もし不幸にして下に行くためにこのドアを通りぬけていたら、階段のところで、崩れてきた壁の下敷きになっていたことでしょう。衝撃が収まったとき、お互いに顔を見あわせました。多くの者がガラスの破片などで顔や首を怪我していました。爆風で自分のめがねが割れ、そのガラスで顔を切って血だらけになっていた者もいました。

そして礼拝堂は……乱雑をきわめていました。聖櫃は下に落ち、ルルドの聖母像もこなごなに割れ、絵や十字架の道行きも落ちていました。窓ガラスはなく、まるまる崩れている壁もありました。なにが起きたのでしょう。何日も前からアメリカ軍が狙っていた弾薬庫に命中したのでしょうか……。集合の鐘が鳴っていました。私たちは下りてゆきました。一階も散らかり放題で、ドアはもぎ取られ、窓ガラスはなく、棚や絵が床に落ちていました。瓦礫のなかを、縫うように歩いてゆきました。

軽傷者は合計十人ほどいましたが、奇蹟的にみな生きていました。ただし、この時間に町に行っていた支那人の料理人だけは二度と戻ってきませんでした。私たちのためにパンを探しにでかけたこの男については、捜索したにもかかわらず、かわいそうなことに何の手がかりも得られなかったのです。小柄な日本人の女中さんも、午前中に町に買い物にでかけていて、おそろしいほど顔と胸が焼けただれて死にました。

長崎の街の三分の二が完全に破壊し尽くされました。爆発の威力で、半径七キロメートルの範囲で被害がでたからです。この街の住民二十五万人のうち、一万人がキリスト教徒でしたが（ここは日本でもっともカトリック信者の割合が多い街です）、そのうちの九千人が瞬時のうちに命を落とし、そのほかにも犠牲者がでました。二つのカトリック教会は完全に破壊され、日本で最初に建てられたカトリック教会だった大聖堂も修復不能な激しい被害を受けました。[*38] この街にあったショファイユの修道女の五つの建物のうちの二つが完全に焼失し、他の二つも大損害を受け、十九人の日本人修道女が命を落としました。[*39]

なんというおそろしい姿を、この街は見せていたことでしょう。あの運命の瞬間の八月九日午前十一時から翌十日の朝四時まで、十七時間も燃えつづけたのです。何日ものあいだ、街は煙の幕におおわれたままでした。美しいはずの朝の青空は、いまや地獄の空の様相を呈し、厚い煙の幕を透して不吉な赤い光が見え隠れしていました。空気は異様な臭気に満ち、樹木、畑までもが焼け、毒に汚染されたようになっていました。池の魚も死んでいました。即死しなかった犠牲者は、かわいそうなことに、ものすごいやけどや傷に苦しんでいました。あわれな人々は薬もなく、看病する人もなく、みすぼらしい簡素な避難所に横たわっていました。これほど多くの人に対しては、医者の数が足りなかったからです。日本でもっとも大きかった「世界病院」[*40]は、もうありませんでした。このように世界史上、類をみない惨害からわずかのあいだに無数の罪のない人々が死んだのは、この午前中、多くの若者が工場で働いていたからです。

ほんのわずかのあいだに、これほどまでに地上の風景を一変させたのは、何だったのでしょうか。それは空中に投下された、たった一発の爆弾でした。このおそるべき兵器が空中で炸裂する前に、飛行士は驚くべき速さで飛び去ることに成功していたのです。

原子爆弾は二十万トンの火薬に匹敵する威力がありました。

この破滅を前にした私たちは、どのような気持ちだったかというと、連合国軍がこれほど悪魔的な兵器を使用できたことを考え、恥づかしいと感じていました。しかし、原子爆弾を使わなかったとしたら、日本との戦争はさらに一年以上もつづいたことはたしかです。ひとたび侵攻がはじまったら、極度に勇敢な日本人たちは、最後の一人まで防戦したことでしょう。両軍の死者はかぞえきれない数に達したことでしょう。

　建物の被害と乱雑ぶりを確認した私たちは、なるべく夜になる前に住める状態に戻せるよう、作業に取りかかるしかありませんでした。街にはもう電気はありませんでした。負傷者も手当てを受け終わると、バケツと籠を持ってガラスや石膏の破片を集め、大きくあいた穴から外へ投げ捨ててゆきました。残念なことに、礼拝堂は修復不能でした。ポーランド人の神父様の一人がやってきて、善良なる神様〔＝聖体容器〕をお救い申し上げていったので、最後までご聖体なしでいなければならなくなりました。恐怖で身動きできなくなっていた警備係たちは、私たちが散らかったものをてきぱきと片づけてゆくのに驚いていました。警備係の食事をつくっていた支那人の料理人が戻ってこなかったので、警備係のぶんまで炊事係の修道女が世話をすることになりました。その日の昼と夜にも何機かの飛行機が飛来し、例の午前中の所業の成果を確認してゆきました。さらに、ご丁寧なことに、あちこちに焼夷弾を何発か落としてゆきました。

　この夜は、もう収容所にとどまっていることができなかったので、何人かの修道女と一緒に洞窟の近くで夜をすごし、なるべく岩に近いところで祈りました。足もとでは街が燃え、焔のぱちぱちという音や、建物が怪物の口に呑みこまれるように火のなかに崩れる音が聞こえていました。朝になると、家をなくした多くの不幸な人たちが洞窟の近くにやってきて、「悲しみの聖母」に惨状を訴えました。私たちはこの人たちを慰め、介抱し、いたいたしいやけどに繃帯（ほうたい）を巻こうとしました。このおそろしい災難で家族全員が死に、天涯孤独になった人もいました。

　苦しむ人の数も、死者の数も、日ごとに増えてゆきました。やけども傷もない人でさえ、血液中の白血球がやられ、感染におかされ、喉が痛んで高熱を発し、わずか数日のうちに死んでゆくのです。毎晩死体が焼かれて大きな穴にほうりこまれ、街からは悪臭が立ちのぼっていました。

かわいそうな日本人修道女たちは、行方不明になった同僚の死体をくまなく探しまわり、見つけると、あおむけにして穴を掘って埋めるのでした。そのままにしておいて共同の穴に投げこまれるのには忍びなかったからです。

警備係たちはすっかり怯えきって、私たちが示そうとしていた同情や心遣いに心を打たれたようすで、私たちの世話をあてにしていました。一人分の食糧はもちろん減り、米や小麦の備蓄もほとんどすべて燃えてしまい、野菜すら手に入れるのが非常に難しくなっていました。私たちが解放されることになる九月十三日に、ようやくアメリカ軍がほんものの白いパンを持ってきてくれることになるまで、もうパンを食べることはできませんでした。

それから数日間は、しあわせな日々ではなく、なにか不吉なことが準備されているような感じを受けていました。警備係たちが刀を研いでいたのは、侵攻や反乱を予期していたからでしょうか。私たちはどう考えてよいのかわからず、ひたすら祈り、聖母様に助けにきてくださるようにと懇願していました。

八月十五日と十六日にも飛行機がやってきましたが、和平の飛行機かどうかはわかりませんでしたので、いつもどおり避難していました。十五日の美しいはずの聖母被昇天（ひしょうてん）の祝日は、悲しいものとなりました。というのも、私たちは礼拝堂を片づけようとしていたのですが、自分の部屋の屋根や窓ガラスを吹き飛ばされた二人の警備係が礼拝堂にベッドを持ちこんでいたので、使用することすらできなかったからです。ですから、ミサも聖体拝領もできませんでした。

一日に何度も、私はそっと抜けだして洞窟に行きました。そこでロザリオの祈りを唱えていると、心地よい安心感にかこまれる気がしました。何週間か前から、もう夜も服を脱がなくなっていました。たびたび起きなければなりませんでしたし、服を着ている時間がほとんどなく、毎瞬間、死にでくわす可能性があったからです。

十七日の夜、午前一時三十分頃[*41]のことでしたが、例の集合の鐘が鳴りました。飛行機の音は聞こえなかったはずなのに……。暗闇のなかで警備係たちが長いこと話をし、行ったり来たりしていました。いったい、どうしたというのでしょう。侵攻でしょうか、民衆の反乱でしょうか……あるいは、もっと辺鄙な場所に私たちを避難させたいと思っているのでしょうか。……一人の警備係が二階に上がってきて、なるべく早く下りてくるようにと告げました。五分後、私たちの何人かは多少なりともきちんとした格好をして、全員食堂に集まったのですが、そこにはすでに警察官の一団が待っていました。奇妙なことに、私たちは着席するようにすすめられました。着席し終わると、一人の地位の高い人が立ちあがり、話しはじめました。静かな口調で、自制するように、こう語りました。「みなさん、おめでとうございます。みなさんの国々のほうが強いことが示されました。みなさんが勝ち、われわれは敗けました。八月十五日、天皇陛下におかせられては、臣民の命を救おうと思し召され、戦争をやめるようにお命じになりました。ですから、われわれもそれに従います。」さらに、帝国全土が原子爆弾の恐怖でおびやかされていたことについてほのめかしてから、こう述べました。「もうみなさんは自由です。ただし、アメリカ軍がみなさんを解放しにやってくるまでは、みなさんの安全についてはわれわれが責任をもちます。まだ民衆の感情が落ちついておりませんので、この敷地からは外にでないようにお願いします。ここに滞在しているあいだ、みなさんは食糧や設備などの欠乏に苦しまれたかもしれませんが、警備係がみなさんをこのように待遇したのは、悪意によるものではないとお考えください。ご不満がありましたら、わたくしが全責任を負いますので、どうぞ警備係たちはおゆるしください。」こういい終わると、この人と同僚の人々は、全員私たちに握手をしようとしました（これは日本人同士ではけっしてしないことです）。ついで、どこかの防空壕に隠していたのか、上等なフランスのワインを取りだしました。

このような光景を前に、私たちがどのような印象を抱いたかというと、まず、ほんとうのことだと信じるのに骨が折れました。ついで、よりによって聖母被昇天の祝日である八月十五日に、これほど長いあいだ望まれていた平和を与えてくださった聖母様に対する感謝で胸がいっぱいになりました。カトリック信者である私たちにとって、戦争が十二月八日[*42]にはじまり、八月十五日に終わったというのは、まったく感慨ぶかいものがありました。警察部長は、引きつづき収容所の規則にしたがってほしいと述べ、もうすこし多くの食糧を調達するように最善を尽くすといってくださいました。この約束は守られ、米と野菜の量が増え、さらに何か月も目にしていなかった砂糖や塩も受けとることになりました。

つづいて収容者会長が発言し、戦争が終わったと聞き、どれほどよろこんでいることかと述べ、原子爆弾の惨禍にあれほど苦しんだ長崎の人々のために、警察部長に同情の言葉をかけました。心のこもった表現に、警察部長はとても感動したようすで、その日もまだ死と苦しみを味わっていた長崎の人々を救おうとしてお金を差しだすと、感謝して受けとりました。

ようやく私たちは床につきました。こんどは私も服を脱ぎ、もし飛行機がやってきたとしても害を及ぼすことはないと考え、ほっとして感謝していました。起床までに残された数時間のあいだ、私たちのうちで眠った者は多くはなかったはずです。朝になってまっ先に考えたのはミサを要求することで、この日から退去の日まで、修道院でおこなわれていたミサや聖体降福式[*43]にあづかることが許可されました。また、洞窟を訪れることも多くなってゆきました。それは、まったく自由の前触れだったのです。ただし、修道院には院長様しかおられませんでした。一か月前からポーランド人は全員修道院を離れる命令を受け、他のフランス人やイタリア人の神父様たちと一緒に田舎に収容されていたからです。院長様だけが、四人の日本人の修練士の修道誓願のために残ることが許され、十五日をすぎてから出発する予定だったのですが、あれほどご信頼なさっていた聖母様のお力によって犠牲(くるしみ)[*44]が回避されたのです。退去させられた人々は、寝具、毛布、調理器具など、合計八十個の荷物を携えてゆく予定でしたが、この荷物が駅に集められたまさにその日、駅が激しい爆撃を受けました。[*45]当然すべて燃えてしまい、神父様たちは、戻ってきたときには、かつてないほど一文無しになっていましたが、ひと言も愚痴をおっしゃられませんでした。物惜しみせず、ヨブのように運命を甘受し、こういっておられました。「主がすべてを与えてくださり、主がすべてを取り去られたのです。聖なる御名(みな)が讃(たた)えられますように。[*46]」

平和が訪れたとはいうものの、以前と変わらぬ収容生活がつづいていました。なにも知らせが得られず、日本の他の地域との通信は一切遮断されていました。電話をすることも電報を打つこともできず、手紙を差しだすことはできましたが、宛先につくまでに何週間もかかりました。移動するのも無理でした。列車は動いていましたが、できるだけ早く復員を進めるために完全に日本兵専用となっていて、満員だったからです。

石炭車のなかや機関車の上にまで、いたるところに兵隊が乗り、これによって事故も起き、一度は六十人が死亡したこともありました。

もちろん、院長マリー＝クロチルド様にも手紙を書いたのですが、しかし郵便ルートで投函した手紙は、はたしてお手元に届いたのでしょうか。毎日待っていたのですが、なにも知らせが得られませんでした。間接的に知ったところによると、学校は無事で、修道女も全員無事だということでした。

ある日、東京に収容されていたフランシスコ会のフランス系カナダ人修道士の方たちが、石炭車のなかでの五十八時間の旅ののち、ようやく長崎に到着しました。[*47] 学校や病院がどうなっているか、見にこられたのですが、ついでに私たちにも会いにこられました。東京や横浜の被害についても話してくれましたが、なんたる廃墟、どれほどの人命が失われたことでしょう。こうした司祭様たちの多くは、健康上の理由から、あるいは資金集めや新しい同志を探すために、祖国に帰ろうとしていました。さまざまな修道会の修道女たちも、日本での成果のようすを総長様に報告するために日本を離れているという話でしたが、その多くが一年以内に日本に戻ることを望んでいました。マッカーサー元帥をはじめとするアメリカ占領軍も、宣教師たちが日本人の文明化のために尽くすように呼びかけていました。

ある日、警備係が知らせてくれたのですが、数日後にアメリカ軍の飛行機がやってきて、補給のために、衣類や薬を救援物資として投下しにくるということでした。他のほとんどの俘虜収容所はすでに補給が済んでいて、こんどは私たちの番だったのです。建物から遠くないところに、比較的高い平らな草原があったので、黒の上に黄いろの紙でＰＷ（Prisoners of War、俘虜）という巨大な二文字を地面に描きました。飛行機は何日ものあいだ通りすぎていましたが、日本人はもう自国の上空を飛ぶことはできなくなっていたので、それは連合国軍の飛行機だったのですが、補給しようとしてここを探しているように思われました。ついにある夕方、五時頃にやってきたのですが、速すぎてパラシュートがうまく開かず、惨事となってしまいました。物資の詰まった巨大な鉄の箱が落下し、ある日本人女性の家の屋根をこなごなに壊してしまったのです。その結果、家は住めなくなり、家具や衣類もほとんどすべてだめになってしまいました。しかし、この女性にはアメリカ軍が弁償してくれるでしょう。もう一つのパラシュートも、荷物が重すぎて落下速度が速すぎたので、やはりうまく開かず、食糧はほとんどすべて壊れるか、台なしになってしまいました。ただし、衣類や靴は回収することができ、驚いたことに薬の箱は無事で、たばこ、石鹸、缶詰、キャンディーの缶も拾うことができました。ほんとうに生活物資一式を送ろうとしてくれたのです。

軍靴や軍服は、私たちにはほとんど役に立たないので、生徒たちにあげてほしいといって修道士たちに贈り、警備係たちにも差しあげました。アメリカ軍の飛行士はすこし無鉄砲だという感じを受けました。ものすごい速さで、しかも低空飛行するので、あやうく建物の屋根を持ってゆきそうになったこともありました。ですから、この補給活動は悲しい結末を迎えたこともありました。ある日、すぐ近くに飛行機が墜落し、四人のうち三人が死亡し、残る一人も脚と腕を骨折したのです。

アメリカ軍がやってくる前に、法的には私たちのものである「牧場」の牝鶏と二頭の牝牛を、善良なる隣人たちに相続してもらおうと思いました。七匹の兎はというと、警備係たちが大いに悔しがるのを尻目に、すべて食べてしまいましたが、もう文句をいわれることもありませんでした。

一隻の立派な病院船が長崎港に投錨したという話を聞いたのは、九月十二日の夕方のことでした。たぶん明日、アメリカ軍兵士がやってくるだろうということでした。

第４章　帰国、一九四五〜四六年

十三日の朝、アメリカ軍とオーストラリア軍の士官が数名の看護兵を引きつれ、私たちを解放しにやってきました。午前中は質問に答えたり、書類に記入したりしてすぎました。解放しにきた者たちは、収容所を視察し、報告書を完成させてから、夜の六時前に船で待っていると告げました。午後は各自、トラックで船まで運ぶことになる重い荷物の荷づくりに追われました。

院長クロチルド様からはなんの返事もありませんでしたが、最後にひと言、いつまでもあなたの娘でおりますと書き送りました。神様のお力添えを得て、近いうちに院長様のもとに戻り、これまで以上に熱心に、共同体と学校での務めを再開したいと願いました。

このような形で出発して、自分の伝道の国を離れ、なんの知らせも得られないイギリスにむかうというのは、つらいことでした。しかし私は、いままでこれほどまでに守ってくださった善良なる神様にすべてをゆだねておりました。すべてをご存知で、すべてを見通しておられる神様が見捨てられるはずはないのです。

船につくと、大がかりな洗浄とすべての消毒がおこなわれました。服を消毒する二十四時間のあいだ、ベッドに寝ていなければなりませんでした。病院船は軍の管理下に置かれていたので、最後の瞬間にならないと命令が下りず、いつ、どのようなルートで本国への送還がはじまるのかはわかりませんでした。ですから、ずっと放置されていたのです。しかし食事は十分に与えられ、世話も行き届いていましたし、それに毎朝ミサがおこなわれるというのは、なんというよろこびだったでしょう。船にはカトリックの司祭様一人とプロテスタントの牧師様一人が乗りこんでいました。

長崎港には十日間碇泊(ていはく)しました。この船は巨大な病院のようなもので、九州の十七か所の収容所にいた俘虜が全員この船にやってくることになっていましたが、波止場に設営された会場で医療検査がおこなわれ、病人だけが船に乗りこむのでした。洗浄され、手当てを受け、新しい服を着せられた人々は、輸送船や空母へと案内されてゆきました。

このときでした、悲しいことを見聞きしたのは。日本のこの島〔九州〕で俘虜となった人々で、収容所から生きてでられたのはわずか三十パーセントにすぎず、[*48] その多くが病気になり、他の人々は飢餓や過労で死んだというのです。これは鉛鉱山で強制労働に就かされたことによるもので、鉱山からでてきた者の多くは失明したということです。

長崎を出港したのは、九月二十三日（これは私の永久誓願の記念日であり、神戸に収容されたのとおなじ日でした）の日曜のことで、翌二十四日の午前十一時頃に沖縄に上陸しました。

この沖縄でこそ、東洋の戦争でもっとも血なまぐさい戦いがおこなわれたのでした。日本軍はこれが最後の機会とばかりに、獰猛な勇気をふるって戦ったので、アメリカ軍に著しい犠牲者がでました。ここで、行く手を阻むために手榴弾で武装した子供たちに、アメリカ兵は銃をむけざるをえませんでした。アメリカ兵が進むと、この子供たちは野蛮な叫びをあげながら、アメリカ兵の顔に手榴弾を投げつけたからです。当然、防戦しなければならず、この不幸な子供たちに発砲する必要がありました。日本人はこれを「子供の虐殺」と呼んで憤慨・激怒し、日本中に宣伝したのです。

私たちは二日間のあいだ軍事キャンプに宿泊し、私たちの責任をもつことになったアメリカ軍の保護のもとに置かれました。

沖縄ではミサに出席し、正午から絶食して、午後四時三十分にご聖体を拝領しました。

沖縄からは飛行機でマニラにむかいました。船なら三日かかるはずのところ、五時間の旅でした。飛行機に乗ったのはこれが初めてでしたが、とても快適で、正午頃にマニラに到着するとアメリカ軍の自動車が待機しており、街を通りぬけて、軍によって見事に設営されていた集合キャンプに到着しました。

このマニラの街も、まず日本軍によって、ついでアメリカ軍によって受難を強いられました。ここに住む人々はカトリック信者が多く、教会に避難したのですが、その結果、どれほど多くの美しい教会が荒らされたことでしょう。マニラは俘虜と抑留者の集合の中心地に選ばれていましたが、これほど多くの人々が日本兵によって捕らえられ、収容されていたのを見るのは驚くべきほどで、アメリカ人やイギリス人とその植民地の人々はもちろん、印度人、支那人、さらにはエスキモーまで、女性や子供も含め、世界中の人々がおりました。

ここの軍事キャンプは男女別々で、私たち修道女には専用のキャンプが割り当てられていました。聖心会、聖母被昇天修道会、王たるキリスト（クリスト・ロア）修道女会、善（よ）き牧者（ぼくしゃ）修道会、聖血（おんち）礼拝修道女会からそれぞれ数人、さらに聖ドミニコ女子修道会から一人、ヌヴェール愛徳修道会から一人、合計二十人ほどの修道女がいました。マニラには十二日間滞在しましたが、しあわせなことに毎朝ミサに参列することができました。しかし、この間、とても楽しくすごせたとはいえませんでした……。暑さは耐えがたく、毎晩、熱帯特有の大雨が降り、テントで寝ていたのでベットまで濡れてしまったからです。とくに騒音に悩まされ、音楽、ラジオ、スピーカー、人の行き来が深夜の二時までつづくのです。修道院の静謐と沈黙がどれほど恋しく感じられたことでしょう。

ある日、キャンプ付きの司祭様が私たちをトラックでドライブに連れだしてくださいました。ベルギーのアウグスチノ修道女会の修道院を訪れることになったのです。この修道女たちは、日本兵によって自分たちの修道院から追いだされて幽閉され、とても苦労しました。アメリカ軍に解放されたときは、どれほど感謝の念を抱いたことでしょう。自分たちの建物はもうなくなっていたので、この古い修道院があてがわれたのです。隣には、現地人の子供たちが通う学校がありました。修道院はマニラから車で二時間のところにある山の上にあり、美しい景色を一望することができました。雨期だったので、すべてが緑でみずみずしく、熱帯の巨木、バナナの木、椰子の木、それに多くのつる植物が見られました。

子供たちは、男の子も女の子も、ピンク、緑、黄などの鮮やかな色の服を着て、大きな麦わら帽子をかぶり、すがすがしい空気を吸っていました。

修道院に到着すると、院長様と修道女のみなさんが愛想よく迎えてくださいました。暑い砂道を走ってきたあとだっただけに、心地よく気分の落ちつく涼しさに包まれたこの修道院は、なんという安らぎの場所だったことでしょう。すばらしい昼食のあいだ、修道女たちが戦争の体験を話してくださいました。この島々での日本人の戦術はあまり褒められたものではなく、天皇崇拝の宣伝活動の道具として宗教が利用されたのでした。日本は司祭や修道女を送りこみ、この人々がすべての学校で日本語を教えることになっていました。この日本精神の侵入とともに、この島々では自由がなくなってゆきました。さらに、とくに外国人の司祭や修道女が迫害されました。このおそるべき戦争の年月のあいだ、フィリピンでは文字どおりの殉教者がでたのです。

修道女たちは、現地人についても話してくれました。カトリック信者といっても名ばかりで、非常になまけがちで投げやりで、教会での態度も、敬虔さやうやうやしさに欠けるというのです。子供たちも、なまけがちなだけでなく、誠実さがないということでした。戦争は終わっても、まだ真の平和ではなく、すこし不確実な要素が残っていて、地区によっては現地人が日本人に味方して戦いを続行しようとしていました。

教会はとても古く、彫像には豪華な金襴が着せられて宝石が散りばめられ、スペインを連想させました。[*49]時間がすぎ、また喧騒のキャンプにもどらなければなりませんでした。黙想にふさわしい、とても静かな雰囲気のなかで、この美しい日をほんとうに満喫することができました。

俘虜と抑留者を運ぶためにアメリカ軍の借り上げた立派なオランダ船籍の船に乗りこんだのは、十月九日のことでした。

目的地は、アメリカのサンフランシスコの北隣にあるシアトルで、太平洋の二十一日間の旅でした。

船での生活は、まだ軍法によって統制されていました。依然として危険が存在し、厳格な規律が必要だったからです。船には、狭義の俘虜九百九十九人と、民間人の抑留者百七十人が乗りこんでいました。ここでも、修道女に対するアメリカ人の尊敬と好意がみられ、広さは不足していましたが、船室でも食堂でも私たちは一緒でした。ただし、大いに失望したのは、船にはカトリックの司祭様が乗っておらず、聖なるミサにも聖体拝領にもあづかれなかったことです。プロテスタントの牧師様は、毎週日曜の朝にカトリックの礼拝をしたいかどうか尋ねてくださいました。ちょうどロザリオの月[50]でしたので、私たちは集まってロザリオの一連を唱え、ベネディクトゥスその他の聖歌を歌いました。この祈りには、カトリックの人々だけでなく、信者ではない人や、ユダヤ人まで出席していました。

太平洋はまだ機雷のために非常に危険で、救命胴衣を常時着用することが厳しく命じられていました。船旅の三日目、乗っている船から遠くないところで、石油を積んでいたタンカーが触雷しました。なんたる惨事、すさまじい爆発につづき、炎と煙が濛々と立ちのぼりました。このような光景を目撃した私たちは、ひたすら信じながら、善良なる神様のお慈悲と聖母様の御加護におすがりしていました。

とくに困った出来事もなく、長旅がつづいてゆきました。紺碧の海はきわめて穏やかで、病気になる人もほとんどいませんでした。

とりわけ夜、星を散りばめた空のもとで、月あかりに照らされ、あたり一面、果てしない海しか見えないときに、こうした美しいものすべてを創造なさった神様の力と荘厳さに思いを致すのでした。創造主は、なによりも私たちの父であり、かたときも目を離さずに見守ってくださっていました。これほどの危険と隣りあわせであっても、神様がすべてをご存知で、すべてを導いておられることを知っているというのは、なんと心が落ちつくことだったでしょう。

ある日曜日、朝八時頃にシアトルに上陸しました。何時間も待たされ、煩瑣な手続きが終わると、ようやく下船することができました。赤十字の案内で、私たち修道女はこの街にとても美しい寄宿学校がある聖心会に連れてゆかれました。折しも「王たるキリスト」の祝日[*51]だったので、修道院では私たちのために正午のミサの準備がおこなわれていて、ちょうどそれにまにあいました。昼食後、建物を見せてもらいましたが、すばらしい街の眺めでした。この十月の美しい青空のもとで木々の葉が秋めいたシアトルは、まさに絵を見るようで、眼下には港が広がり、世界中から多くの船が集まっていました。ついで私たちは聖体降福式に出席しました。集合場所だったイギリス領事館にでむくとき、イギリスにむかうはずだった聖心会の二人の修道女がアメリカにとどまる許可を得たことを知りました。アメリカには聖心会の修道院がたくさんあったからです。こうして、イギリスに行く修道女は私だけとなり、それ以外は全員アメリカとカナダに修道院があることを知りました。

ここで、アメリカとカナダで温かく迎えられたことを強調しておきたいのですが、これは親愛なる聖ベルナデッタ様のお蔭によるものでした。私はいつも「ベルナデッタ様のほんとうの妹」でした。アメリカでは「あなたのところの総長様は、修道女を派遣なさるべきですよ。私たちは、それはそれはベルナデッタ様のことが好きなのですから。ベルナデッタ様の抵抗しがたい魅力によって、多くの修道女が生まれることでしょうに。」といわれました。それはすばらしいと思いましたが、ヨーロッパでさえ私たちの修道院の空白を埋めるのはとてもたいへんなことなのです。しかし、自信をもたなければなりません。いつの日か、きっとアメリカにもヌヴェールの修道女が進出することでしょう……。

夜の六時頃、バンクーバーにむけて出発しました。真夜中頃に到着すると、赤十字の女性が自動車で迎えにきてくれ、帰国者のために用意された建物に連れてゆかれました。翌日、カナダ人女性は全員目的地まで旅をつづけることができました。イギリスにむかう旅人はモントリオールから船に乗ることになっていましたが、モントリオール行きの列車がでるまでは一週間待つ必要がありました。赤十字の仲介で、私は御摂理（みせつり）修道女会のところですごすことになり、ここで同会の一修道女として遇されました。同会のすばらしいセントポール病院では毎朝ミサにあづかることができ、ここでの滞在については、とてもよい思い出を持っています。それは安らぎと黙想の日々であり、善良なる神様に感謝しておりました。

十一月四日（日曜）の夜、カナダを横断する列車に乗りこみました。モントリオールへの到着は八日（木曜）の正午頃の予定でした。一等車での豪華な旅となりました。雪を戴いた岩山を通過する旅は壮観で、草原を通るときは単調だったものの、五大湖と呼ばれる広大な水面の近くにくると、この内海の美しさと規模に圧倒されました。外は厳しい寒さでしたが、二重窓の車両はとても暖房が効いていました。食事の時間以外はずっと座りきりで、大きな駅に停車すると、降りて新鮮な空気をすこし吸い、足を動かすこともできて満足しました。夜になると黒人のボーイがやってきてベッドを整えてくれるのですが、これはほんもののベッドで、カーテンで囲まれていました。自分だけの個室にいられるというのは、なんと快適なことだったでしょう。

モントリオールには二日間滞在する必要があり、赤十字が私たちのためにホテルの部屋を取っておいてくれました。私は、できることなら修道院に泊まりたいという希望を伝えました。ここはモントリオール屈指のホテルでしたが、愛徳修道会（ベルナデッタ）の修道女は一人もおらず、修道女は私だけでした。ホテルの管理職の人たちはフランス系カナダ人、つまりカトリック信者だったので、私の希望はとても親切に叶えられました。

モントリオールはフランス人やカトリック信者の非常に多い街で、修道院や宗教施設にもこと欠きません。私が行くことに選んだのは聖心会で、この街には同会の建物として寄宿学校と通学制の学校の二つがありました。管区長様は、ご自分のいる寄宿学校に迎えてくださろうとして、ホテルまで人を遣わしてくださいました。私はすでによく知っていた聖心会の人々に囲まれてしあわせでした。日本で起きたことをこと細かに話すと、とても満足そうにしてくれ、非常に親切にもてなしてくださいました。

十一月十九日、リヴァプール行きの船に乗りました。この船でもミサがおこなわれず、黙想できる場所を見つけるのにとても苦労しました。大西洋での陰鬱な海の旅は、この時季にしては穏やかなほうでしたが、二、三日のあいだ濃い霧がでたので、船は遅れていました。太平洋のときほどの危険はなく、機雷に触れる恐れも少なかったので、もう救命胴衣を常時着用することは強制されませんでした。

リヴァプールに到着したのは十一月二十二日のことでした。モントリオールを出発するときにトンブリッジ[*52]に手紙をだしておいたので、リヴァプールで返事を待っていたのですが、なにも返事がなく、その夜はロンドンに行くことができなかったので、電話で翌日の到着時刻を知らせておきました。ロンドンのユーストン駅につき、ヌヴェールの修道女の白頭巾が見えたときは、どれほどうれしかったことでしょう……。仲間と再会できたときの感動と、神様への感謝の気持ちがいかばかりだったか、お察しいただけると思います。どれほど話をしあい、尋ねあうことがあったでしょう。

なつかしい本部修道院からも便りがありました。敬愛されている総長様からの有り難い二通の手紙には歓迎の言葉がしるされ、まさに模範的な総長様の思いやりとともに、ビザの手続きが終わり次第、サン＝ジルダール〔ヌヴェールの本部修道院〕に滞在するようにと書かれていました。この夜はよろこびと感謝で胸がいっぱいになりながら、トンブリッジのささやかな礼拝堂でマニフィカトを歌い、これほど私を守ってくださった聖母様に感謝を捧げました。

うれしいことに、いとしい母のもとでも数日間をすごすことができました。母は「これほどの苦難に遭いながら守られていたのは、信仰のお蔭にちがいないわね」というのでした。そして私がとても健康状態がよいのを見て驚き、うれしそうにしておりました。

一月十九日、すこし感動し、よろこびで胸がいっぱいになりながら、もうけっして戻ってくることはあるまいと思っていた本部修道院に到着しました。どれほどの愛情と友情に迎えられたことでしょう……。こうしたことは、長いこと奪われて、はじめてその有り難みがわかるものです。静かな本部修道院では、いとしい小さな聖女〔聖ベルナデッタ〕の近くで、とても心身によい、心地よく快適な雰囲気を満喫しました。

あのとらわれの歳月のことは、早く忘れたいと思っているとお考えでしょうか。いいえ、忘れたいとは思いません。それは私にとって恩寵の年月でした。なにも不満には思っておりません。「神を愛する者たちには、万事が益（えき）となるように共（とも）に働く」[*53]と申しますが、あの小さな苦しみの数々は、善良なる神様から贈られたものなのですから、きっと私にとってぜひとも必要だったのだと思います。神様は超然とすることを望まれたのです。私の伝道者としての熱意が純化される必要があったのです。あらゆる人生において、とりわけ宣教修道女の人生において、苦しみが果たす役割の重要性を、私はもうすこしよく理解できるようになりました。

院長マリー＝クロチルド様とその補佐をする修道女の皆様がはじめて日本に到着したのは、ちょうど二十五年前のことでした。もし神様の思し召しにかなうなら、よろこびで胸をふくらませ、すこしの苦しみで心を豊かにしながら、いつの日にか旅立ち、いとしい香里の共同体にふたたび合流したいと思っております。

修道女（スール）マリー＝エマニュエル・グレゴリー

第一章

＊1「なにも妨ぐるものなし（ニヒル・オブスタト）」は、カトリックの修道士・修道女や聖職者などが出版物をだす場合に、検閲の結果、「教義に反する内容が含まれていない」ことを証する言葉。次の「印刷可」とともに、カトリック教会側からの出版許可。

＊2「マニフィカト」は、受胎告知されたマリアが神を讃美して述べた言葉（『ルカによる福音書』第一章四十七～五十五節）に曲をつけた歌（別名「マリアの歌」）。本文中では、著者が終戦後に祖国イギリスに無事帰国したときに歌っており（54頁）、また解説で引用した他の修道女も終戦の日に歌っているが（168頁参照）、いずれも聖母マリアへの感謝のしるしとして歌われている。

＊3「メール」はフランス語で「母」を意味し（英語の「マザー」に相当）、修道院長などの指導的な立場にある修道女への敬称として用いられた。それ以外の修道女に対してはフランス語で「姉」または「妹」を意味する「スール」（「ソール」とも表記、英語の「シスター」に相当）が用いられた。現在では「メール」の敬称はほとんど使われず、「シスター」に統一されることが多い。

＊4「小教区」とは、カトリックの区割りのなかでも、もっとも地域に密着した単位。たとえばフランスなら、典型的には各村の中心に建っている教会の管轄する地区をいい、ほとんど「村」と一致する。この小教区（つまり村の教会）の責任者が「主任司祭」で、複数の小教区をまとめた「司教区」（または単に「教区」）の統括責任者となるのが「司教」。外国人司教らが辞任して日本人に職を譲るように決められたのは、実際にはもうすこし早く、昭和十五年（一九四〇）九月のことだった（解説129頁参照）。

＊5カルメル修道会は祈りと黙想を重んじる「観想修道会」で、世俗から隔絶しているというイメージがあったことによる表現だと思われる。それに対して、著者の属するヌヴェール愛徳修道会は宣教に重きを置く「使徒的修道会」（宣教修道会）だった。

第二章

＊6「聖櫃」とは、聖体（＝ミサの儀式によってイエス・キリストの体に変化したとカトリック信者たちが信じるパン）を納める「聖体容器」をしまっておく箱のこと。「聖櫃に対して誓う」とは、イエス・キリストに誓うのとおなじことになる。

＊7「誓願」とは、正式に修道会に入会するにあたって、「清貧」、「貞潔」、「従順」を誓うこと。このうち、「清貧」とは財産の放棄、「貞潔」とは結婚しないことを意味するから、まさに全面的に自己を神に捧げることになる。期限つきの「有期誓願」と一生涯の「終生誓願」があり、ヌヴェール愛徳修道会では前者を「初誓願」、後者を「永久誓願」と呼ぶ。

＊8「ショファイユの幼きイエズス修道会」は、十九世紀にフランス中部リヨンに近いショファイユ村で創立された、教育を重視するカトリックの修道女会。幕末に長崎の大浦天主堂でキリスト教信者を発見したパリ外国宣教会のベルナール・プティジャン神父は、その後大阪で司教となっていたが、以前この「ショファイユの幼きイエズス修道会」の修道院付司祭をしていた縁もあって、同会を日本に呼びよせようと考え、それに応えて明治十年（一八七七）、同会の四人の修道女が神戸に上陸した。それ以来、神戸の聖マリア女学校や長崎の常清女学校など、同会は西日本各地に女学校、孤児院、幼稚園を設立した。女子教育もさることながら、当時は貧しい家庭からの捨て子が多かったことから、孤児院の存在が社会的に大きな意義を帯び、とりわけ長らく院長を務めた「ヒロメナ・ワランチン・アントニン」修道女の活動は日本当局からも高く評価された。戦争中は、同会に属するカナダ国籍の九人の修道女が抑留され、そのうちの七人は、本書の著者と同様、まず神戸のイースタン・ロッヂに抑留されてから長崎の聖母の騎士小神学校に移された。長崎に原爆が落とされたとき、抑留されていた修道女たちは無事だったが、それとは別に同会が経営していた常清女学校は爆心地である浦上に位置していたことから、ここにいた日本人の修道女など合計二十七人の同会関係者が死亡した（37頁、訳注39参照）。

＊9「聖心」とは、「イエズスの聖心会」（略して「聖心会」）または同会が経営する小林（おばやし）聖心女子学院のこと。聖心会は、フランス革命で多くの教会や修道院が破壊されたことを受け、人心を再び神に立ち返らせるために革命直後の一八〇〇年にフランス北部アミアンで設立されたカトリックの修道女会。教育に力を入れる使徒的修道会として、日本には明治四十一年（一九〇八）に来日し、東京に聖心女子学院、神戸に近い宝塚の小林（おばやし）には小林聖心女子学院を設立していた。戦争がは

じまると、小林聖心女子学院からは二十人の修道女が抑留されたが、そのうちの五人がさまざまな理由で順次釈放された（解説135～140頁）。他方、東京の聖心女子学院では二十七人の修道女が抑留された。ここは戦後、のちの美智子妃が通ったことでも知られている。

＊10 このプロテスタントの宣教師たちはイギリス国籍で、日英交換船に乗るために満洲から神戸に集められていたが、交渉が難航して第二回日英交換船が実現しなかったことから、そのまま本書の著者と同様に長崎に移送され、終戦まで日本で抑留されることになった。

＊11 「聖体拝領」とは、ミサ中の儀式によって「聖体」（＝キリストの体）に変化した（とカトリック信者たちが信じる）小さな丸いパンの薄片を、信徒が司祭に舌の上に乗せてもらって（あるいは現代では多くの場合手のひらに戴いて）食すること。聖体を入れておく容器が「聖体容器」で、通常はさらにこれを「聖櫃」と呼ばれる箱にしまっておく。

＊12 フランソワ・ヴイヨ（François Veuillot, 1870-1952）はフランスのジャーナリストで、カトリック系の新聞「リュニヴェール」の主筆。この伯父にあたるルイ・ヴイヨは、やはり同紙の主筆を務め、一八五八年にはルルドの奇蹟（ベルナデッタへの聖母の出現）を紹介する記事を書き、この奇蹟がフランス中に知れ渡るきっかけをつくった。

＊13 ジャン＝バティスト・ドラヴェンヌ（Jean-Baptiste Delaveyne, 1653-1719）は一六八〇年に本書の著者の属するヌヴェール愛徳修道会を創設したが、もとはベネディクト会修道士で、ベネディクト会修道士はフランスでは「師（ドン）」という敬称をつけて呼ばれていた（ただし、日本語では「師」は司祭に対する敬称として「神父」とおなじ意味で広く使われている）。ちなみに、「ジャン＝バティスト」は「バプテスマのヨハネ」（洗礼者ヨハネ）を意味するフランス語の名前。『ドラヴェンヌ師

「最後の晩餐」を描いた、15世紀イタリアの画家フラ・アンジェリコによるフィレンツェのサン・マルコ修道院のフレスコ画（部分）。キリストが十二使徒に順々にパンを与えているが、その左手に持っている器が聖体容器に相当する。

とヌヴェール愛徳修道会』の原題は *Dom de Laveyne et la Congrégation des Sœurs de la Charité et de l'Instruction chrétienne de Nevers* だが、このマリー＝エマニュエル修道女による英訳は、出版はされなかったようである。

＊14ジャン＝バティスト・カスタニエ（Jean-Baptiste Castanier, 1877-1943）は明治三十三年（一九〇〇）に初来日し、大阪司教となってヌヴェール愛徳修道会を呼びよせた（解説120頁）。昭和十五年（一九四〇）九月に外国人司教は日本人にその座を譲るように定められたのを受け、二十二年間あまりにわたって務めた大阪司教の座をしりぞいて田口芳五郎神父に譲り、自身は神戸の住吉教会の主任司祭に着任した。戦争中の昭和十八年（一九四三）三月十二日に神戸の病院で逝去し、同月十五日におもだったカトリック関係者が駈けつけて葬儀が執りおこなわれたが、これに聖母女学院の校長マリー＝クロチルド・リュチニエも参列したわけである。

＊15実際には、真珠湾攻撃からわずか半年後の昭和十七年（一九四二）六月のミッドウェイ海戦とそれにつづくガダルカナル島の戦いで、すでに日本軍は決定的な敗北を喫していた。

第三章

＊16「修道司祭」とは、修道院にいる司祭のことで、直接には修道院長や修道会総長の指導を受ける。これに対して「在俗司祭」とは、村の教会にいる司祭のことで、司教の指導を受ける。

＊17実際には、戦争末期の昭和二十年（一九四五）三月十四日、聖母女学院高等女学校（当時は香里高等女学校と改称されていた）の校舎の一部が接収されたが、その頃長崎で抑留されていた著者の知るよしもなかった。

＊18「聖母マリアの御訪問の祝日」は、イエスを身ごもった聖母マリアがエリザベトを訪問したことを記念する祝日で、当時は七月二日に祝われていた（第二バチカン公会議後の一九六九年に五月三十一日に変更された）。

＊19長崎から外国人が「全員退去させられていた」ということはない。昭和十六年十二月九日（すなわち開戦の翌日）の内務省令「外国人ノ旅行等ニ関スル臨時措置令」により、長崎を含む「要塞地帯」（解説143頁参照）への外国人の立ち入りと居住は許可制となったが、許可を得れば可能だった。同令は昭和十八年九月二十九日に改正・強化され、横浜近辺は外

国人は居住禁止となって強制的に立ち退かされたが（解説75頁参照）、長崎は引きつづき許可があれば立ち入りも居住も可能だった。事実、聖母の騎士修道院のポーランド人修道士たちもずっと住みつづけている。

＊20神学校とは、司祭を養成するための学校のことで、「小神学校」は現在の中学・高校に相当し、十二～十八歳の男子が学んだ。それに対して「大神学校」は大学に相当し、十九歳以上の男子が学んだ。

＊21おなじ修道士でも、大神学校で神学を学んで司祭となった者（「修道司祭」）は格上にみられ、フランス語では「父」（神父）という敬称で呼ばれていた。それに対し、たとえば料理人だったのが一念発起して修道院に入り、おもに食事係として働いている修道士や、元大工で建物の修繕や建て増しなどに従事している修道士などは「兄（弟）」の敬称で呼ばれていた。

＊22「十字架の道行き」とは、ここではイエスが死刑を宣告されてから磔刑を経て埋葬されるまでの十四の場面を描いた、一連の絵または彫刻のこと。

＊23「神の仔羊」とは、一般にイエス・キリストの寓喩として使われるが、聖具としては、おもに次のものを指す。
（一）前年の復活祭の大蠟燭の蠟から作られ、法王によって祝福された、過越祭の仔羊の像が刻まれた楕円形のメダル。
（二）昔、ミサの聖体拝領の直前に信者たちが接吻していた、キリスト像などの彫刻が施された盾のような形をした聖具（別名「平和の接吻」）。ここは、どちらかわからない。

＊24フランシスコ会カナダ管区に属するフランス系カナダ人修道士たちのこと。聖母の騎士修道院にいたコンベンツアル聖フランシスコ修道会とは系統が異なる。フランシスコ会カナダ管区は、フランス語圏のカナダ東部ケベック州モントリオールに本部を置き、明治以後に来日したフランシスコ会各派のなかでもっとも活発に活動を展開した。東京の田園調布と埼玉の浦和に修道院を置き、どちらも戦争中は抑留所となったが、このほかに長崎の浦上天主堂の近くにも修道院を設立していた。開戦直後、長崎で活動していた同会のカナダ人修道士六人は長崎の聖マリア学院に抑留され、そのうちの三人は聖母の騎士小神学校に移されたのち、本書の著者たちと入れ替わるように神戸の再度山の抑留所に移送された（この三人のうちの一人、モンフェット神父はいくつか短い手記を残しており、その一部は秋月辰一郎『死の同心円』第五章で引用さ

れているが、解説140・145頁でも触れる)。残る三人は交換船で帰国する予定で横浜のバンドホテルに集められたものの、交換船が取りやめになり、そのうちの一人は横浜の一般病院で亡くなり、他の二人は横浜の根岸競馬場の抑留所、ついで箱根外輪山の北側にあたる御殿場線山北駅に近い神奈川県北足柄村内山にあった暁星中学の夏期施設「マリア会山荘」の抑留所に移されて終戦を迎えた。これとは別に、東京周辺で活動していた同会のカナダ人修道士は十五人が抑留され、そのうちの四人は交換船で帰国したが、残る十一人は田園調布の菫家政女学院などに抑留されたのち、埼玉抑留所となっていた自分たちの浦和の修道院に移されて抑留生活を送り、ここで終戦を迎えた(アントニオ平秀應『宣教師たちの遺産』)。終戦時点では、神戸の再度山に三人、神奈川県の山北に二人、埼玉県の浦和に十一人抑留されていたわけである(ちなみに、小宮まゆみ『敵国人抑留』九八頁の表では、綴りがおなじでも英語読みとフランス語読みではカタカナ表記が異なることが見抜けておらず、フランシスコ会に属していながらその旨の注記が抜けている抑留者が五人いる)。訳注47も参照。

*25「修練女」とは、いわば修道女の見習い(修道志願者)のことで、修練期間中は「修練長」の指導のもとで修練を積みながら、修道女になる意志が固いかどうか、また適性があるかどうかが見極められる。

*26新約聖書『コリント人への第一の手紙』第三章十六〜十七節「あなたがたは、自分が神の神殿であり、神の霊が自分たちの内に住んでいることを知らないのですか。(……)あなたがたはその神殿なのです。」(新共同訳)。

*27所有地とはいえ、接収するにあたって、家賃を払って借り上げていたはずである。たとえば、埼玉抑留所となった浦和の聖フランシスコ修道院には終戦まで政府から家賃が支払われていたし(石田貞「証言埼玉抑留所」)、戦争末期に借り上げられた秋田県の毛馬内カトリック教会にも家賃が支払われていた(『秋田県警察史』)。

*28旧約聖書『創世記』第三章十九節「お前は顔に汗を流してパンを得る」(新共同訳)。

*29「九日間の祈り」とは、特定のお願いをするために九日間連続して祈りを捧げること。たとえば、昭和二十年(一九四五)、仙台の畳屋町教会に抑留されていた青森の聖母被昇天修道会のカナダ人修道女四人は、八月十五日の「聖母被昇天の祝日」の前に九日間の祈りを捧げて平和を祈ったところ、これが現実のものとなって狂喜した(解説167〜168頁参照)。

*30昭和十九年(一九四四)十月二十五日の「大村大空襲」のことではないかと思われる。長崎の北側、山を越えて直線距

離で約二十キロ離れた大村市には、日本海軍の大村飛行場（長崎空港の前身、現海上自衛隊大村航空基地）があり、大規模な航空廠が置かれていたが、この日の空襲で壊滅的な被害を受けた。

*31ミサの前は、昔は絶食が義務づけられ、午前中にミサに参列する場合は、例外をのぞき、当日の真夜中に日付が切り替わったときから一滴の水も飲むことは許されなかった。そうすることで、聖体拝領としていただくパンに全神経が集中し、その有り難さが身にしみたのだと思われる。現在では、この絶食の規則は大幅に緩和されている。

*32「ショファイユの幼きイエズス修道会」（訳注8参照）が経営する聖マリア女学校が焼失したのは、昭和二十年（一九四五）六月五日の空襲によってだったから、ここで「一月中に」聞いたと書かれているのは記憶違いかと思われる。

*33「告解」とは、狭い小部屋に入り、信者が個別に一対一で司祭に罪を「告白」することで罪を赦してもらう儀式のこと（現在は「ゆるしの秘跡」と呼ばれている）。やむをえない事情のある場合は、「共同回心式」により、一度に多くの人々が司祭から罪を赦免された。これを「一般赦免」という。

*34「ベネディクトゥス」は、洗礼者ヨハネの父ザカリアが述べた、イエスと洗礼者ヨハネの出現を暗示する言葉（『ルカによる福音書』第一章六十八～七十九節）に曲をつけた歌（別名「ザカリアの歌」）。伝統的には、マニフィカト（訳注2）と対にして歌われてきた。本書の著者は、終戦後の帰国する船でカトリックの司祭がいなくてミサができなかったときも、代わりにベネディクトゥスを歌っている（50頁）。

*35昭和二十年（一九四五）五月八日、ドイツが降伏して停戦が成立し、ヨーロッパでの戦闘は終わっていた。

*36アメリカ大統領フランクリン・ルーズベルトは昭和二十年（一九四五）四月十二日に病死した。

*37聖体（＝キリストの肉と化したパン）は教会にあるものの中でもっとも重要なものだったから、空襲警報が鳴ると、聖職者は取るものも取りあえず、聖体を納めた容器を持って避難した（たとえば永井隆『長崎の鐘』の「三山救護班」の章を参照）。さらに避難先で生死の危険が迫ったときは、その場で聖体を食することになっていた。たとえば仙台で抑留されていた聖母被昇天修道会のカナダ人修道女も、危険なときには聖体を食するようにと司祭から指示されていて、空襲警報が鳴った昭和二十年のある日、初期キリスト教のカタコンベを思わせる防空壕のなかで、聖体を自分でも食し、また一緒

に避難していた修道女にも分け与えたという（*Parenthèse dans un Apostolat*, p.64）。あるいは、戦争ではないが、明治四十年（一九〇七）に函館のシャルトル聖パウロ修道女会の施設が大火事に見舞われたときも、神父は逃げるときに聖体を持ちだし、いあわせた数人の修道女に授けたという（『北海道とカトリック（戦前編）』一七四頁）。

＊38 現存する日本最古の教会は、幕末に外国人居留地に建てられた大浦天主堂だが、爆心地からは離れていたので倒壊は免れ、七年後に修復が完了した。それに対し、江戸時代から隠れキリシタンの里として名高かった浦上（うらかみ）地区に建てられていた浦上天主堂（大正三年に完成）は、爆心地に近かったためにほぼ全壊した。本文中では、この二つが混同されている。

＊39「ショファイユの幼きイエズス修道会」（訳注8参照）は、もともと神戸を中心に活動していたが、長崎の爆心地となった浦上地区でも、常清女学校、修道院、幼稚園を経営しており、ここにいた修道女十三名と修道生活の志願者十四名の合計二十七名が原爆投下から一か月以内に命を落としたという。永井隆の『この子を残して』の「攝理」の章にも、原爆投下の夜、常清「女學校から東の方二百米の川端に眞夜中幾人かの合唱するラテン語の讃美歌が續いたり絶えたり聞こえていたそうである。夜が明けてみたら修道女がひとかたまりになつて、冷たくなつていた」という話がでてくる。

原爆直後の浦上天主堂（長崎市『長崎原爆戦災誌第二巻』より）。この遺構は、保存されていれば広島の原爆ドームとならぶ原爆の貴重な遺産となるはずだったが、昭和33年に取り壊された。当時の長崎大司教と長崎市長は、最初は遺構の保存に前向きだったのに、ともに訪米して帰国してから跡地での建て替えを主張するようになったのは、負の遺産を残したくないアメリカが、再建の資金援助の条件として取り壊しを要求したためではないかとする説もある（高瀬毅氏の著書を参照）。

*40「世界（ユニヴァーサル）」病院（この括弧内は原文では英語で書かれている）は「大学（ユニヴァーシティー）」病院の誤りか。とすると、爆心地に近く壊滅的な被害を受けた長崎医科大学附属医院（現長崎大学病院）を指すと思われる。ただし、「日本でもっとも大きかった」ということはない。日本人の誰かが不正確な英語で著者に説明したことによるものか。

*41フランス語ではよくこのように表現するが、正確には日付が変わって八月十八日になったばかりの深夜一時三十分を指す。

*42真珠湾攻撃のおこなわれた十二月八日は、カトリックでは聖母マリアの「無原罪の御宿り（おんやど）の祝日」にあたる。「無原罪の御宿り」とは、聖母マリアの母アンナが無原罪で（端的にいえば性行為なしで）聖母マリアを身ごもったとされることを指す。これに対して、八月十五日の「聖母被昇天の祝日」は、聖母マリアが死んでから（あるいは死なずに）神の力によって肉体・魂ともに天国に引き上げられた（つまり「昇天」させられた）とされることを記念する祝日。聖母被昇天が正式に教理として認められたのは本書刊行後の一九五〇年になってからだが、それ以前からカトリック教会では祝日として盛大に祝われていた。どちらの祝日も、「祝日」よりも重要なものとして「祭日」という言葉が使われることもある。

*43「聖体降福式（ベネディクション）」とは、聖体（＝キリストの肉と化したパン）を顕示・賛美し、祝福を受ける儀式のこと。戦前の日本では、一般の信者は毎週日曜の午前九時頃からミサに参列し、お昼を挟んで午後三時頃から聖体降福式に出席したらしい（カトリック長崎大司教区編『旅する教会』一九〇頁）。本書でも、帰国の途中で米国シアトルの聖心会の修道院に立ち寄ったときは、ミサに参列し、昼食をとり、そのあとで聖体降福式に出席している（本文51頁）。しかし、第二バチカン公会議後に意義づけが変化し、執りおこなわれる頻度も減ったようだ。現在では「聖体賛美式」と呼ばれている。

*44「田舎」とは、熊本県の栃木（とちのき）温泉のこと（解説87〜88・161頁参照）。

*45長崎市街への空襲は、原爆をのぞくと、順に昭和十九年八月十一日、昭和二十年四月二十六日、七月二十九日、三十一日、八月一日の合計五回おこなわれた。ここで触れられている駅への爆撃は、このうちの三回目から五回目のいずれかの空襲のはずである。

*46旧約聖書『ヨブ記』第一章二十一節で、「無垢な正しい人」だったヨブが大きな不幸に見舞われたときに、それにもか

かわらず述べた言葉「主は与え、主は奪う。主の御名はほめたたえられよ。」（新共同訳）による。この言葉は、不幸や絶望を乗り越えるために用いられたり、キリスト教の葬儀で遺族を慰めるために使われることが多い。

＊47「東京に収容されていた」とあるが、フランシスコ会のフランス系カナダ人修道士は、終戦時点では神戸の再度山（ふたたびさん）、神奈川県の山北（内山）、埼玉県の浦和の計三か所に抑留されていたから（訳注24参照）、このうちの神奈川か埼玉のどちらかだと思われる。次の文にでてくる「学校や病院」とは、フランシスコ会の長崎修道院の隣に設けられていた同会の小神学校と、この学校の校舎に開戦後に開設された療養所（浦上第一病院、現在の聖フランシスコ病院の前身）を指す。戦争中は、フランシスコ会の浦和と田園調布の修道院は接収されて敵国人抑留所となったが、長崎の修道院は病院に姿を変えて存続していたわけである。爆心地に近かったので建物は激しく損壊したが、死者は一人もでなかったという。この病院の医長を務めていた秋月辰一郎の『長崎原爆記』第六章と『死の同心円』第五・六章では、終戦後にマリー＝エマニュエル修道女が長崎を去った直後に、神戸の再度山から長崎に戻ってきたフランシスコ会修道士たちの姿が描かれている。

第四章

＊48九州全体の俘虜の死亡率が七十パーセントだったということはない。国内の収容所全体での俘虜の死亡率は約十パーセントだった。ただし、国外から日本に俘虜を移送してくる際に、アメリカ軍に攻撃されて船が沈没し、乗っていた俘虜の一部または全員が死亡する事例は後を絶たなかったから、これを含めての数字かと思われる。たとえば戦争末期、戦場となりつつあったフィリピンから、鴨緑丸に乗せられて日本に連れてこられたアメリカ兵を中心とする千六百人あまりの俘虜は、アメリカの攻撃による二度の沈没事故を経て、福岡などの俘虜収容所で終戦を迎えたときには、病院に入院していた百人あまりのぞくと、約四分の一の四百人程度にまで減っていたともいわれているから、これを指すか。

＊49実際、フィリピンは十六世紀にスペインに征服され、このときにカトリックが広められた。明治三十一年（一八九八）の米西戦争でスペインがアメリカに敗れると、フィリピンは独立しかけたものの、すぐにアメリカに戦争をしかけられ、数十万人のフィリピン原住民が虐殺されたのちに、アメリカの植民地となっていた。こうした白人の支配からフィリピン

を「解放」するために、「大東亞戦争」の一環としてアメリカを追い払ったというのが、当時の日本立場だったが、戦争末期になって再びアメリカが奪還していたわけである。

＊50「ロザリオ」とは、カトリックで用いられる数珠のことで、数珠を繰りながら唱える祈りのことも指す（40頁で既出）。「アヴェ・マリア」を十回唱えながら小さな珠を十個繰り、「主の祈り」を一回唱えながら大きな珠を一個繰ると「一連」となる。一五七一年十月七日の「レバントの海戦」で西欧諸国がイスラムのオスマン帝国に勝利したのを記念し、毎年十月七日が「ロザリオの祝日」に定められ、十月は「ロザリオの月」とされた。

＊51「王たるキリスト」の祝日は、十月末の日曜日に祝われていた移動祝日で、昭和二十年（一九四五）は十月二十八日だった（第二バチカン公会議後の一九六九年に十一月終わり頃の日曜日に変更された）。

＊52トンブリッジはロンドンからみて東南の方角にある街。ここにヌヴェール愛徳修道会の小さな修道院があった（解説119・126頁参照）。

＊53新約聖書『ローマ人への手紙』第八章二十八節「神を愛する者たち、つまり、御計画に従って召された者たちには、万事が益となるように共に働くということを、わたしたちは知っています。」（新共同訳）

解説　敵国民間人の抑留とマリー＝エマニュエル修道女

以上に訳出した『日本でとらわれの身となったヌヴェールの聖ベルナデッタ修道会の一修道女――その原爆による解放』への解説を兼ねて、ここでは太平洋戦争中の日本における敵国民間外国人の抑留について考察してから、その一つの典型例として、著者マリー＝エマニュエル修道女の足どりをたどってみたい。

前編　太平洋戦争中の敵国民間人の抑留について

抑留の概略

昭和十六年（一九四一）十二月八日、真珠湾攻撃とほぼ同時に日本がアメリカに宣戦布告し、ヨーロッパで二年前から始まっていた第二次世界大戦に加わると、アメリカやカナダ、アジア各地の連合国側の植民地に居住・滞在していた日本人は、敵国人として収容所に抑留されることになった。同時に、これに比べれば少数ながら、日本に住んでいたアメリカ人やイギリス人も、日本の警察によって抑留されることになった。さらに、戦争初期に日本軍がアジアの英・米・蘭（オランダ）の植民地で破竹の勢いを示すと、降伏した兵隊たちは俘虜（捕虜）収容所へ、また民間人（現地人ではなく植民地支配者層）は民間人抑留所へ入れられ、どちらも日本軍が管理した。本稿では、戦争になる前から日本国内に居住・滞在していて抑留された敵国民間人について取りあげる。ここでいう「民間人」とは、国際法でいう「文民（シビリアン）」つまり非戦闘員という意味よりも狭く、外交官などの公務員ものぞいた、民間の人々という意味である。戦争中、アメリカ大使ジョゼフ・グルーをはじめとする敵国の外交官は、日本では基本的には抑留所に収容されたわけではなく、そのまま大使館（一部は帝国ホテル、箱根の富士屋ホテル、自宅など）に軟禁され、早々に交換船で帰国したので、ここでは基本的には扱わない。

戦時下の敵国人の抑留の実態については、内務省警保局（現在の警察庁に相当）が昭和十九年（一九四四）九月頃まで毎月発行していた「外事月報」のなかの「敵国人抑留の状況」という項目、および昭和十七年まで毎年発行していた『外事警察概況』を読めば概要を知ることができ、関連する公文書の多くもインターネットで公開されている。そこで触れられていない部分も含めた全体像については、小宮まゆみ氏の『敵国人抑留』に詳しく、同氏の一連の著作には多大の恩恵を蒙った。また高木一雄氏の『大正・昭和カトリック教会史3』には、戦争中に日本で抑留されたカトリック聖職者全員の氏名が記載されており、大変有益である。本稿では、事実関係についてはあまりつけ加えることはないが、ざっと背景を要約しながら、若干の新しい視点を提起してみたい。

もともと、昭和四年（一九二九）にムッソリーニ率いるイタリア政府とラテラノ条約を結んだローマ法王（当時はピウス十一世、ついでピウス十二世）は、枢軸国のイタリア、ドイツ、日本に対しては一貫して協調的な態度を示し、無神論をとなえる共産主義を不倶戴天の敵とみなしていたことから、昭和七年（一九三二）に満洲国が建国されたときも、ソ連と共産党の勢力拡大に対する防波堤のような存在として、同国をいち早く事実上承認していた。昭和十二年（一九三七）に支那事変がはじまると、日本在住のカトリック聖職者たちは、これを「防共の聖戦」であるとみなして日本軍の行動を積極的に支援し、また満洲を含む大陸北部を中心に布教活動をしていたヨーロッパ人カトリック聖職者たちも、匪賊の跳梁を抑えて秩序と安定をもたらすものとして、日本軍の進出を歓迎していたようだ。これに対し、プロテスタントのなかでもアメリカやイギリス出身の宣教師たちは、英米の利益を代弁し、日本を非難する者が少なくなかった。

昭和十五年（一九四〇）九月、北部仏印進駐につづいて日独伊三国同盟が締結されると、アメリカは日本に対する態度を硬化させ、翌月には日本在住のアメリカ人に対して祖国への引き揚げを勧告し、イギリスもこれにならい、その後もアメリカとイギリスは数度にわたって自国民に帰国勧告をだしたが、布教に熱心な宣教師や、日本で生活の基盤を築いていた者はなかなか日本を離れようとはしなかった。それでも、プロテスタントの宣教師は、たとえばメソジスト教会が総引き揚げを勧告するなどしたために、多くが「特別引揚船」に乗って日本を去った。しかし、カトリックはローマ法王の意向によってほとんどが日本に残留したため、開戦直前の時点で九百人以上のカトリック聖職者が日本に残っていた。そのなかには、マリー＝エマニュエル修道女のように、カトリックに属しながら、イギリス、アメリカ、カナダなどの国籍の者もいて、こうした人々がのちに抑留されることになった。開戦前夜で、キリスト教関係者以外も含めた敵国外国人は合計二千人以上に達していた。

昭和十六年（一九四一）十二月八日、真珠湾攻撃によって太平洋戦争（当時の日本側の呼称では大東亞戦争）がはじまると、敵国の外交官とその家族が大使館などに即日軟禁され、さらに翌九日、成年男性を中心とする三百四十二人の敵国民間人が抑留された。こうした人々を隔離して監視下に置いたのは、基本的には、潜在的な「敵国戦力」をそぎ、スパイ・宣伝活動や「謀略」を封じこめるためだった。たとえ聖職者であっても、祖国に帰れば徴兵や徴用によって戦力となりえたし、また碇泊している艦底のバルブを開いて船を沈めるといった利敵行為（テロ）も未然に防ぐ必要があったからである。それと同時に、日本人のなかには敵国人に対して激しい敵意を燃やす者もいたから、そうした者の危害が及ばないよう、保護して安全な場所にかくまうことも目的となった。事実、マリー＝エマニュエル修道女も、抑留所からの散歩のときに日本人の敵意を感じ、「警備係の保護がなかったら安全ではいられなかったことでしょう」と書いている（本書18頁）。また、東京の抑留所に収容された横浜の成美学園（元横浜英和女学校）の元校長オリーヴ・ハジスは、あるとき警備の警官に対し、なぜこんなに大勢で見張る必要があるのかと訊ねたところ、警官が驚いて「われわれはあなた方の逃亡を見張っているのではない。ここにいるのはあなた方を守るためなのです。」と答えたというエピソードを書き残している（『私たちのハジス先生』五六頁）。

このように、日本国内で敵国人の抑留を管轄したのは、軍ではなく、治安維持を担当する警察であり、具体的には、警察を管掌する内務省からの指示を受けながら、各都道府県の警察部（現在の県警等に相当）が任務にあたった。開戦当時、内務省のトップである内務大臣を務めていたのは、東条英機（首相兼務）である。警察内で担当部署となったのは、いわゆる「特高」（特別高等警察）に属する（もしくは特高と密接な関係にある）「外事警察」だった。戦地でとらえられて主として陸軍によって管理された俘虜（捕虜）と比較すると、日本で抑留された民間外国人は、強制労働は課せられず、監視も緩く、知人や近所の人から食べ物の差し入れを受けることもあったから、全体的にはるかにましな境遇にあったといえる。日本に住んでいた抑留対象者の半数以上がキリスト教関係者だったこともあって、おもに教会、修道院、ミッションスクールの校舎などが接収されて抑留所となった。こうした抑留所に設置されていた祭壇などは、聖職者ではない一般のキリスト教徒にとっても、信仰の拠りどころとして、抑留生活における精神的な支えとなったようだ。その他、外国企業の社宅やホテルなどが接収された場合もあるが、いずれにしても専用の建物が新築されたわけではなく、既存の主として洋風の建物が転用され、抑留所に指定された。建物が洋風だったことで、抑留される欧米人にとっても、多少は暮らしやすかったと思われる。

開戦とともに「敵国」に指定されたのは、アメリカ、イギリス（およびイギリス連邦に属するカナダ、オーストラリア、ニュージーランド）、オランダ、ベルギーなどだった。フランスはすでに開戦の前年にドイツに占領されてヴィシー政権が誕生していたので敵国ではなく、またポーランドもドイツ占領下にあったから敵国扱いではなかった。だから、マリー＝エマニュエル修道女が抑留されることになる長崎の「聖母の騎士」小神学校の隣の修道院にいたポーランド人修道士たちは、戦争がはじまってもそれ以前とあまり変わらない生活をしていた。ドイツとイタリアはもちろん日本の同盟国だったから、少なくとも両国が連合国側に降伏するまでは、ドイツ人とイタリア人は抑留されなかった。

大戦初期には、日本軍の快進撃にともない、蘭印（オランダ領東印度、現在のインドネシア）やフィリピンなどで俘虜収容所や民間人抑留所が開設されたが、現地での抑留が困難な場合などは、日本まで船で運ばれて抑留された。具体的には、グアム、ラバウル、アッツ島にいた現地人、あるいは拿捕した船舶に乗っていた民間人などで、その数あわせて四百人以上にのぼる。概して、このように外国から連行されてきた抑留者のほうが、日本の寒さや食文化になじめず、苦労を強いられることが多かったようだ。とりわけ、アッツ島の原住民が収容された北海道小樽市の抑留所では結核が流行し、日本人医師たちの献身的な努力にもかかわらず、二十名もの死者がでたという（ただし、多くの抑留所ではほとんど死者はでなかった）。

こうした外地からの民間人の連行にともなって抑留者数は増加したが、逆に高齢または病気などの理由によって抑留が解除されるなど、抑留者数が減少する要因もあった。人数減少の最大の要因となったのは、敵国に滞在している外交官や民間人を互いに自国に引き揚げさせるために日米間と日英間で運航された「交換船」だった。「捕虜交換」と似たような原理だが、正確には「抑留者交換」である。昭和十七年（一九四二）六月に第一回日米交換船、翌七月に日英交換船、昭和十八年（一九四三）九月に第二回日米交換船が日本を出港し、そのつど各地の抑留所から合計六十ないし七十数名の抑留者が船に乗って帰国したが、交換船が運航されたのはこの三回だけだった。

昭和十七年（一九四二）九月、それまで原則として男性だけだった抑留者に加え、新たに約百五十人の女性の敵国民間人も抑留されることになった（ちなみにアメリカではもっと早い時期から女性・子供も連行された）。これは防諜（スパイ防止）の目的に加え、宣教師やミッションスクールの教師は、男女を問わず、信者や生徒に対する精神的な影響力が強かったことによる。実際、敵国の外国人に対する敬愛の念が強ければ、戦闘意欲が薄らぎ、銃後の一致団結が揺らいでしまう。また、交換船で一定数が帰国したことで、抑留所に空きができたことも、抑留対象者の拡大に好都合だったようだ。このとき、大阪の聖母女学院で英語教師をしていたイギリス国籍のマリー＝エマニュエル修道女も、後述するように神戸の抑留所に収容された。

昭和十八年（一九四三）七月、早くも敗北が決定的となったイタリアでは、ムッソリーニが政権を追われてバドリオが後任となり、連合国側に降伏したが、ムッソリーニがドイツ軍に救出されて北イタリアで別の政府を樹立したことから、イタリアが二分されることになった。ムッソリーニを支持した日本では、在日イタリア人に対し、ムッソリーニにつくかバドリオにつくか、聖書に手を置いて宣誓させ、ムッソリーニに忠誠を誓った者、もしくは無害と認められた者だけを釈放し、それ以外は抑留することになった。二十世紀の「踏み絵」のようだが、これはアメリカに先例がある。ちょうどこの年の初め、日本人に対して「命令を受けたらアメリカ軍に加わるか」、「天皇陛下への忠誠を拒否するか」という質問に答えさせ、どちらも「イエス」と答えた者だけが仮釈放されたからである。日本はバドリオ政権を承認せず、海軍武官プリンチピーニ大尉をムッソリーニの大使と認めたから、「元」イタリア大使をはじめとする大使館員らとその家族の計四十八人は、外交特権を剝奪された形となって、東京の田園調布にあったフランシスコ会カナダ管区の聖フランシスコ修道院に抑留された。また、民間のイタリア人の一部は、名古屋の外れにあった「天白寮」と呼ばれる松坂屋百貨店の社員向け保養施設に抑留された。当時の日本では、日独伊のうちの一国が単独で講和を結んではならないとする協定を破ったイタリアは、日本とドイツを裏切ったと見なされ、「バドリオ」は「裏切者」の代名詞となったくらいだから（清沢洌『暗黒日記』昭和十九年九月二十四日の項他）、抑留したイタリア人に対する処遇は、度を超えて厳しいものとなった。

その二か月後の昭和十八年九月、第二回日米交換船が日本を出港した。その後も交換船は計画されたが、軍事作戦に及ぼす影響や、交渉での対立に加え、次々に船が沈められて日本では船自体が足りなくなっていたことから、これが最後となった。

おなじ月、内務省令「外国人ノ旅行等ニ関スル臨時措置令」が改正され、港や工場などを見渡すことができる国防上重要な横浜近辺の高台や海沿いに住んでいる外国人は、全員強制退去させられることになり、同盟国や中立国の人々の多くは箱根か軽井沢に移ることになった。同時に、敵国の外国人については集団で居住させることになり、同年十二月、それまで抑留を免れていた女性や老人・子供を中心とする二十世帯の人々が神奈川県の七沢温泉に集められた。

翌昭和十九年（一九四四）になると、七月にマリアナ諸島のサイパン島が失陥して日本の敗北が決定的となり、さしもの権勢を誇った東条英機内閣も総辞職を余儀なくされる。サイパン島からはボーイングB29爆撃機がほぼ日本全土に飛来できるようになり、空襲の危険が高まったことを受け、同月、神戸に四か所あった抑留所はすべて閉鎖され、第一・第三・第四抑留所にいた外国人たちは、神戸の裏山にあたる六甲山系の一つ、再度山（ふたたびさん）の林間学校に移され、第二抑留所に収容されていたマリー＝エマニュエル修道女を含む四十名は、長崎の抑留所に移されることになった。この七月末には学童疎開がはじまる。

ヨーロッパでは、これに先立つ六月六日に連合軍がノルマンディー上陸作戦を成功させ、八月二十五日にパリを解放、九月九日にはド・ゴールが臨時政府を樹立した。これにより、日本にとってフランスは敵国となり、在日フランス人も抑留の対象となってゆく。ただし、まだ生存していたヴィシー政権の元幹部や、仏領印度支那での協力関係に配慮したためか、フランス人は根こそぎ抑留されたわけではなく、ヌヴェール愛徳修道会のフランス人修道女たちも抑留はされなかった。ただし、ある時期以降、おそらく戦争末期だと思われるが、校舎内の一部屋に軟禁されたという（『マ・メール』一六一頁）。

昭和二十年（一九四五）になると、三月十日に東京大空襲があり、同月二十六日には硫黄島が玉砕して沖縄戦がはじまり、四月七日には戦艦大和が沈没、特攻隊の捨て身の活躍にもかかわらず、誰の目にも日本の敗北が明らかとなってゆく。ヨーロッパでも、四月二十八日にムッソリーニが処刑されて遺体が逆さまに吊るされると、二日後にヒットラーが自殺し、ドイツの降伏につづき、六月下旬にはポーランドで新政府が誕生したことで、ドイツとポーランドも敵国に変わってしまう。そのほかにも多くの国が「戦勝国」の尻馬に乗ろうとして続々と日本に宣戦布告するようになったので、世界中のほぼすべての国が敵国となり、日本にいる外国人を全員抑留することは物理的に不可能となった。すでに一年以上前から、外国人を軍事作戦の遂行の邪魔にならない安全な場所に隔離するために、首都圏では箱根や軽井沢に移住・疎開させる計画が進められていたが、戦争末期になるといちだんと強制疎開が加速していったようである。ただし、それまで同盟国だった関係で日本に三千人前後もいたドイツ人に対しては、疎開は「強制」ではなく「勧告」となったようだ。

六月下旬、沖縄をほぼ制圧したアメリカ軍の本土上陸の危険が高まった九州では、外国人を避難・隔離する必要にせまられ、七月から八月にかけて、熊本県の栃木温泉の旅館、福岡県の英彦山の山伏修験道場、佐賀の外れにある清水観音の旅館や料亭の三か所に合計百人あまりが集められた。ただし、実際には本土上陸作戦は敢行されず、アメリカは自軍の被害も大きくなる沖縄戦のような地上戦は避け、徹底して上から爆弾を落とすことにこだわった。

そして、ついに八月六日に広島、八月九日に長崎に、サイパン島の隣のテニアン島から飛び立ったB29が原爆を投下する。広島県内では、広島県三次にメソジスト派の宣教師が設立した幼稚園「愛光保健園」が敵国民間人の抑留所となっており、ここには日本軍が拿捕したオランダの病院船オプテンノール号（のちの第二氷川丸）に乗っていたオランダ人四十四人が収容されていたが、爆心地からは約六十キロも離れていたので、閃光や爆風を浴び、きのこ雲は見えたものの、怪我などの被害はなかった。これとは別に、広島の爆心地から約四・五キロのところにイエズス会の長束修練院があり、ここにいた中立国スペインと元同盟国ドイツの聖職者が被爆者を献身的に看護したことが知られているが、ここは抑留所ではなかったので、これ以上触れないでおく。長崎では、抑留所となった聖母の騎士小神学校が爆心地から直線距離で約四・二キロの距離にあったが、山かげだったこともあって、本書で描かれているように建物が損壊し、割れたガラスの破片などで数名が軽傷を負っただけで、死者はでなかった。結局、原爆を「体験」したといえる敵国民間人抑留者は、この長崎の抑留所にいたマリー＝エマニュエル修道女を含む四十人あまりの人々だけだった。

終戦直後、俘虜と同様、抑留所に収容されていた外国人たちもアメリカ軍によって「解放」されていったが、すべての外国人が米軍進駐を歓迎したわけではない。日本にいた約三千人のドイツ人のなかには、ナチスとの関係を疑われて逮捕されたり、米軍によって軟禁状態に置かれたり、意志に反してドイツに強制送還させられた人々もいたからである（上田浩二・荒井訓『戦時下日本のドイツ人たち』）。また、アッツ島の原住民たちは、戦後も日本に住みつづけることを希望しながら、強制的に米軍に連れ去られ、しかも故郷アッツ島には連れもどされずに異なる島に放りだされ、そこで村八分のような状態で余生を送ることになった（スチュアート・ヘンリ「昭和十七年小樽　四十名のアリュート人」）。アメリカ軍によってすべてがハッピー・エンドで終わったわけではないということは、当然とはいえ、留意しておく必要がある。

結局、大戦をつうじて日本で抑留された敵国民間人は、早々に交換船で帰国した者や、戦争末期に数週間だけ抑留された者も含め、合計一、一八〇人ほどに達し、終戦時点で日本国内にとらわれていた抑留者数は八五八人だったと、小宮まゆみ氏は二〇〇九年の著作で結論づけている。ただし、同氏が作成されたと思われる二〇二一年刊のシンディハム・デュア『英国人青年の抑留日記』巻末の表では、佐賀の収容者数が十八人増えており、後述のようにこの増加は首肯されるものであるから、これを加算すると、日本における敵国民間人の抑留者数は、

大戦をつうじて一度でも抑留されたことのある人の数は一、一九八人

終戦時点では八七六人となる。しかし、私見では、この数字には「抑留」でないものまで含められており、修正が必要ではないかと考えられる。これについて、以下に述べてみよう。

「抑留」の定義と強制疎開

まず、「抑留」という言葉について取りあげておきたい。一般に、第二次世界大戦で「抑留」というと、悪名高き「シベリア抑留」を思いだしてしまう。いうまでもなく、すでに戦争が終結していながら、ソ連が元日本兵たちを満洲近辺から拉致し、長期間にわたって劣悪な環境で強制労働に従事させ、数万人の日本人を死亡させた事件で、まさに戦争のどさくさにまぎれた蛮行というほかはなく、これにくらべれば、言葉は悪いが日本での「抑留」など可愛いものだと思えてしまうほどだ。それほどではなくても、あとで触れるアメリカでの日系人の「抑留」をみると、日本での抑留とは境遇が大いに異なり、おなじ言葉で表現するのがためらわれるほどである。「抑留」というのは当時の日本の役所（内務省や外務省）で使われていた言葉だが、おなじ「抑留」といっても、その指すものに幅がある。

日本で抑留された外国人だけをとってみても、その収容生活の実態は、時期と場所によって大きく異なった。もっとも苛酷だった例としては、イタリア降伏後に名古屋の天白寮に抑留されたイタリア人たちの例が挙げられる。前述のように、単独で連合国に降伏したイタリアは日本を裏切ったと受けとめられていたから、それに対する懲罰の意味もこめて、この抑留所の警察官たちはイタリア人たちに対して必要以上に厳しい処遇でのぞみ、抑留者に支給すべき食べ物を横取りしても平気だったようだ。その結果、抑留者は言語に絶する飢餓に苦しみ、もはや限度を超えて抑留者たちがハンガーストライキをおこない、そのうちの一人は警察官の目の前で自分の指を切り落として抗議するという修羅場を演じてみせたほどで、ここにいた抑留者たちに「強制収容所」というイメージを抱かせることになった（望月紀子『ダーチャと日本の強制収容所』）。また、福島の抑留所となったノートルダム修道院には、ドイツ軍が拿捕した船に乗っていた民間人百三十八人前後が日本側に引き渡されて収容されていたが、ドイツ軍の要望にしたがって秘密にされていたために、赤十字の救恤品も届かず、やはり飢餓に苦しめられ、規則への違反やミスを犯した場合は子供でも容赦なく体罰が加えられ、食糧に異物が混入されるなどの悪質ないやがらせもおこなわれたようだ（遠藤雅子『赤いポピーは忘れない』）。ほとんど俘虜収容所のような錯覚を抱かせるが、実際、現場の警察官は俘虜と同列にみなしていたのかもしれない。頻繁に「虐待」があったのはこの福島の抑留所だけであり、この抑留所の警察官たちは戦後告発されて戦犯として有罪となっている。

この二つの抑留所とは反対に、警察官による監視が緩く、抑留というよりもむしろ軟禁に近かった場合も少なくない。とくに、女性や高齢者が収容された抑留所では、抑留とはいっても軟禁程度のことが多かったようだ（『大正・昭和カトリック教会史3』一五五頁、一六〇頁）。実際、神戸の松蔭高等女学校で教えていた英国聖公会の宣教師レオノラ・エディス・リーは、神戸の第一抑留所となったカナダ学院の寄宿舎について、「投獄ではなく軟禁だった」と述べており（「戦中覚え書」一一〇頁）、また戦争後期に修道女たちが集められていた東京の文教区関口台の小神学校について、間近に見聞きしたカトリック司祭の志村辰弥氏も「軟禁」

という言葉を使用し、「軟禁とは、特定の場所から出られない拘束された生活の意で、刑務所のようなものではない」と述べている（『教会秘話』六四頁）。

英語やフランス語では、必ずしも「抑留」と「軟禁」の言葉の使い分けが確立しているわけではない。国際法でも「軟禁」という概念はなく、軍人（俘虜）も民間人もひっくるめて「抑留」という言葉で表現される。だから、日本語だけの話になってしまうが、それでもここで両者の区別を試みてみることは、「抑留」と「抑留でないもの」との境界を多少なりとも明確にするうえで、無駄ではないと思われる。

それでは、「抑留」と「軟禁」の違いはなにか。なかなか定義するのは難しいが、一般的なイメージに沿って素朴に考えてみると、「抑留」とは、文字どおりには「抑えつけて留めおく」だから、相手の意志を無視して有無をいわさず強制的に権力によって抑えつけ、一か所に（通常はそれ専用の施設に）閉じこめ、外部から遮断することだといえるだろう。その際、逃げられないように、典型的には塀や有刺鉄線を設け、警備担当者が銃などで武装し、施設に常駐して監視する。また、いろいろな規則を押しつけ、禁止事項を設け、起床時間、食事の時間、就寝時間などを決めて従わせ、命令しながら管理する。毎日の点呼なども、形式的なことのようでありながら、権力をバックにした服従関係を目にみえる形で知らしめるという意味で、意外に重要なのだろう。こうして、「収容所」という言葉でイメージされる生活が強いられる。入所時に持ち込める荷物は、たとえば手に持てる荷物だけといったように最低限のものに制限される。こうしてみると、マリー＝エマニュエル修道女が長崎で体験したのは、まさしく「抑留」だったといえる。

これに対して、「軟禁」とは、軽度の監禁を意味し、文字どおりには「軟かく禁ずる」だから、そこまで厳しく外部から遮断するわけではなく、通常は有刺鉄線などは設けず、建物からの出入りや通信は監視されて制限されるものの、建物内では基本的には何をしていようが自由で、あまり干渉を受けることはなく放任される、といえるだろう。警察官は常駐せず、ときどき巡回にくる程度で、施設の管理人などに監視を委託する場合も「軟禁」と呼ぶにふさわしい。建物を「接収」せず、また改築もせずに、従来の形態のまま使いつづけるのも「軟禁」の典型的な形である。「自宅軟禁」という言葉もあるくらいだから、自宅に閉じ込められる場合は軟禁に分類される。軟禁だと、それまでの生活の延長となり、プライバシーも一応確保される。自宅以外の施設に移される場合でも、無制限に荷物を持ち込んでよいのなら、引越しや転居のような感じになる。他人どうしが集団生活を強いられる場合は「収容所」に近くなるが、それでもホテルや旅館に収容されて家族ごとに一部屋が割り当てられるのなら、軟禁と呼ぶ妨げにはならない。昔は「相部屋」ということもあったし、友人どうしでおなじ部屋に泊まることもあるわけだから、部屋数が足りない場合は、家族以外で一部屋にされることもやむをえないかもしれない。

日本以外の国では、こうした「軟禁」のような形での民間人の抑留は、実際問題としてありえなかったのではないだろうか。例外は外交官の場合で、野村吉三郎と来栖三郎の両大使をはじめとする外交官（および国際法でこれに準じるとされたジャーナリスト）は、開戦から交換船で帰国するまでの半年間、アメリカ東海岸のワシントンに比較的近いところにある保養地の大きなホテルに「軟禁」された（ただし、遠巻きに武装した警備係が厳重な警戒態勢を敷いていた）。しかし、こうした特別扱いの外交官をのぞく民間人が抑留所に入れられた場合は、概して前述のような規則づくめの「抑留」を強いられたようである。それで、外国では「軟禁」という言葉や概念があまり定着していないのかもしれない。

以上のような「抑留」と「軟禁」の区別は、歴史的な文脈から切り離して抽象化したものであって、実際には、その時々の政府の外国人に対する処遇方針や、社会情勢などを踏まえながら、時代背景のなかで判断してゆく必要があるだろう。とくに、戦争も後半にさしかかってから日本で実施された外国人の田舎への「集団移住」については、「疎開」という社会的文脈においてとらえる必要があり、これを「抑留」に含めることには無理があるのではないかと思われる。これについて具体例をみてみよう。

前述のように、昭和十八年（一九四三）九月、国防上の観点から、横浜近辺の高台や海沿いに住む同盟国・中立国の外国人は、強制的に退去させて箱根や軽井沢に移住させる措置がとられたが、これを受け、神奈川県では「敵国人はなるべく京浜（＝東京・横浜）地区以外の適当な場所に集団的に居住せしむること」と定められた（「外事月報」昭和十八年十二月分）。これにもとづき、同年十二月、二十世帯の敵国外国人が神奈川県西部の丹沢や大山（おおやま）の東の麓（ちょうど小田急線の新宿と小田原の中間よりも西寄り）に位置する七沢温泉の二軒の老舗（しにせ）旅館、福元館と玉川館に集められた。女性や老人・子供が中心で、すでに抑留されていた実業家男性などの家族で、自宅に残っていた人々が多かったようだ。旅館の宿泊費は神奈川県が負担し、質素ながら一日三食の食事がでたという。問題は、これを「抑留」と呼ぶべきかどうかだ。というのも、「外事月報」では、この七沢温泉については一貫して「集団的に居住」「集団移転」と表現され、「抑留」という言葉は使われておらず、公文書でも「七沢ニ於テ死亡セル」等となっていて、「七沢抑留所」といった言葉は使われていないからだ。しかし、小宮氏はここを「七沢抑留所」と命名し、「実態として抑留所に他ならない」と断定している（「太平洋戦争と横浜の外国人」三五五頁）。断定の根拠として、氏は二つのことを挙げておられる（「戦時下横浜外国人の受難」一六一頁）。一つは、旅館の主人が帳簿に「敵国婦女子ノ収容所トナル」としるしたことだ。しかし、「収容所」というのは漠然と広く使われていた言葉だし、警察官が手際よく説明するために使った言葉をそのまましるしただけかもしれず、いずれにせよ、こう書いたのは宿の主人の主観なのだから、何の根拠にもならないはずだ。二つめは、宿泊代を県が負担したことだ。しかし、だからといって即「抑留」といえるだろうか。たとえば、学童集団疎開では、保護者も毎月一定額を負担したが、それ以外の経費は国や行政側が負担している（『学制百年史』五六八頁）。宿泊費が自己負担かどうかを「抑留」か否かの判断基準にするというのは、無理があるのではないだろうか。そもそも、抑留所にするなら、政府が施設全体を接収するはずであり、旅館としての形態を残したまま、宿泊費だけ払って、宿の主人に外国人の世話をまかせたということなのだとすると、「抑留」というよりもむしろ「軟禁」に近い。

もうすこし七沢温泉での生活の実態を見てみよう。これについては小宮氏自身が詳しく調べておられるが、それによると、「外国人たちの行動は割合自由で、近くを散歩したり商店に買い物に出かけることもあった」（『敵国人抑留』一八二頁）。また、戦後の「神奈川新聞」の記事によると、気の毒に思った近所の人が「毎日のようにわが家に」二人の外国人女性を招待し、牛乳や握り飯を与えたというが、逆にいえば、そうしたことが可能なくらい監視は緩かったことになる。二軒の温泉宿では、おおむね家族ごとに一部屋が与えられていたらしく、欲しいものは何でも自宅から持ち込むことができ、経済的に余裕のある者は自費で近所の女性を女中として雇っていたという（小宮「戦時下横浜外国人の受難」）。しかし、いったい身のまわりの用事をさせるために使用人を雇うことができて、それで「抑留」と呼べるだろうか。そもそも抑留とは、権力の発現の一形態である以上、抑留所においては権力を行使する側（抑留する側）と行使される側（抑留される側）とが截然と二極化されるはずであり、そのような場に抑留者が私的な雇用関係を持ち込んで関係を複雑化させ

戦前の神奈川県の七沢温泉の玉川館（当時の絵葉書）

ることはできないはずだ。だから、一つの基準として、個人的に人を雇うことが認められていたら、もうそれは抑留ではないといえるだろう。また通常、抑留所には洋風の建物が選ばれるのに、ここは和風の温泉旅館だったことも考慮に入れる必要がある。時代的な背景を考えてみても、昭和十八年十二月といえば、ちょうど新聞などで「疎開」という新語が盛んに使われるようになった時期であり、前述のように、敵国人でなくても横浜近辺からは外国人が強制退去させられていた時期にあたる。こうしたことを踏まえると、この七沢温泉の外国人たちは、箱根の温泉に疎開した外国人たちと本質的な違いはなかったとみるべきではないかと思われる。たしかに、それまでぜいたくな暮らしをしていて、境遇の変化に悲観したらしく自殺者が一人でたことは気の毒ではあるけれども、全体としてみて、この食糧難と空襲の時期に、あまり身寄りのない敵国の外国人であってみれば、必ずしも横浜の自宅に残って生活していたほうがよかったとはいいきれないのではないだろうか。

この七沢温泉にいた外国人は、戦争末期の昭和二十年（一九四五）六月一日に秋田県平鹿（ひらか）郡（現横手市）館合（たてあい）村に移されたが、ここは「集団生活所」と呼ばれ、戦後になって秋田県警察部がGHQの調査官に提出した名簿にも「外国人集団生活者名簿」という題がついている。これも、当局が「抑留」ではなく「集団疎開」（強制疎開）だと認識していたことの傍証となるだろう。ここでも周辺住民から野菜などの差し入れがあり、行動の自由もかなり認められていたという。

秋田ではもう一か所、イタリア降伏後に東京の田園調布の聖フランシスコ修道院に抑留された「元」イタリア大使をはじめとする大使館員らとその家族の計四十八人が、戦争末期の昭和二十年七月四日、秋田県の毛馬内（けまない）カトリック教会に移されてきた。小宮氏の聞き取り調査によると、「元」大使夫妻は、もともとこの教会にいた司祭の部屋に住み、司祭の料理人が「イタリア人のために雑用をした」という。しかし、『秋田県警察史』に掲載されている抑留所長の手記によると、教会を賃借りしてバラックを増築し、所長のほかに三人の警察官が警備員に指名されたというから、元外交官ということで相当厳重な警戒態勢がとられていたようだ。また、戦後GHQに提出された「元」大使らの陳述書を読むと、外交特権が侵害されたのは不当であるという認識とともに、イタリアが降伏したことで日本人から裏切者扱いされて侮辱され、高いプライドを傷つけられたことへの憤懣やるかたないようすが伝わってくる。戦勝国アメリカの同情を買うために被害者であることを強調しようとして待遇の悪さを誇張しているきらいがあるものの、とくに秋田への移転の十日後の七月十四日にイタリアが日本に宣戦布告をしてからは最悪の扱いを受けたと書かれているので、かなり厳しく管理されていたのではないかと推測される。以上のことから、ここはやはり「抑留所」とみなすのが妥当かと思われる。

戦争末期には名古屋でも空襲が激しくなり、昭和二十年五月、名古屋の外れの天白寮に抑留されていたイタリア人十五人が、おなじ愛知県でも辺鄙な田舎（西加茂郡、現在の豊田市の北部）にあった広済寺に移された。それとほぼ同時に、この広済寺の近くにあった広沢寺には、東京の元チリ公使館に抑留されていたオランダ人二十一人が移されてきた。この二つの寺に集められた外国人たち合計三十六人は、小宮氏の表現を借りれば「付近の農家に出かけていき、シャツと米を交換することもでき（……）縫物や農作業の手伝いをして、報酬にジャガイモなどの食料を得るようになっていた」というから、普通の疎開とあまり変わらなかった印象を受ける。このうち、広済寺のイタリア人たちは、蛇、蛙、かたつむり、亀などをつかまえて調理して食べたこともあって「日一日と体力を回復していた」（石戸谷滋『フォスコの愛した日本』）。ここに連れてこられたフォスコ・マライーニ自身、「疎開」という言葉を使っており、寺から半径百メートル以内なら自由に動いてよく、しかも、牛乳を調達できない代わりに日本政府から貸与された山羊に草をはませるという名目で、近隣のどこへでもでかけることができたというから（『随筆日本』六七三頁）、これでは「抑留」と呼ぶには無理がある。日本人の学童疎開でも、田舎の寺が疎開先に選ばれることが多かったが、それと大差なかったとみるべきではないだろうか。もっとも、逆に、当時小学生だった小林信彦氏は、学童疎開で住むことになった埼玉の山奥の寺について、個人の行動が許されない「小さな強制収容所」のようだったと書いているけれども。

さらに、昭和二十年（一九四五）七月、ちょうど沖縄が玉砕して九州への米軍上陸が現実味を帯びてきた時期には、九州の三か所で、明らかに「抑留」ではなく「集団強制疎開」と呼ぶべき措置が取られた。

まず、本書とも関連するが、熊本県の栃木温泉の小山旅館には、九州各地にいた約四十人ほどの聖職者が集められた。栃木温泉は、九州のほぼ中央でどっしりとした威容を構える阿蘇山の西側に広がる「草千里」からさらに西に降りたところにある。この裾野の広い活火山をぐるりととり囲むように、北側には黒川、南側には白川が、どちらも東から西に流れているが、この二つの川が合流するあたりの渓流沿いに湧いている湯量豊富な温泉で、阿蘇山への登山口としても利用されたことから、昔は相当にぎわったようだ（『阿蘇郡誌』一〇三頁）。鉄道を利用するときは、熊本駅から九州を横断する豊肥本線に乗り、ほぼ真東に勾配を登りきった突きあたりにある。文学者も多く訪れ、歌人の若山牧水は

名を聞きて久しかりしか栃の木の　いで湯に来り入ればたのしき

という歌を詠んでいる。とりわけ小山旅館は江戸時代からつづく老舗で、西郷隆盛や孫文も逗留したといわれ、また栃木温泉から歩いてすぐの戸下温泉には夏目漱石が泊まり、のちに阿蘇山を舞台にした短篇小説「二百十日」を書いている（ただし、現在は立野ダムが建設中で、このあたり一帯がすべてダムの底に沈むことになり、小山旅館などいくつかの旅館が付近の高台に移転して営業している）。

さて、この小山旅館に集められた約四十人の外国人の内訳は、フランス国籍のパリ外国宣教会の修道士十二人、イタリア国籍を中心とするサレジオ会の修道士十六人、そして本書にも登場するポーランド人のコンベンツアル聖フランシスコ修道会の修道士十人などだった。この最後の十人のうちの一人、セルギウス・ペシェク修道士がしるした回想録『越えて来た道』によると、米やパンは配給され、そのほかにパンをつくるためのふすま、いわしの缶詰、とうもろこしを近くの製粉所で粉にしたものなどを旅館に持ち込み、「野菜は近所の農家から買い、それを適当に料理して」食べていたという。また、この回想録には、発送するのが遅れた机や本などの荷物が原爆によって灰燼に帰したと書かれており、さらに本書にも「寝具、毛布、調理器具など、合計八十個の荷物」を持ってゆく予定だったのが、駅で空襲によって燃えてしまったと書かれている（42頁）。通常の「抑留所」だったら、これほど多量の荷物を持ち込むことはできなかったはずである。

戦前の熊本県の栃木温泉の小山旅館（当時の絵葉書）

前述のように、身のまわりのものを何でも持ち込むことができれば、以前とおなじような生活を再現することができるからだ。ここが湯治場のような、ひなびた雰囲気の温泉旅館だったことも考慮に入れる必要がある。しかも、元気な者たちが阿蘇山に登りたいと要望したら許可されたというから、巡査の監視つきだったとはいえ、これは「強制疎開」または「軟禁」だったとみなすべきだろう。

佐賀の外れ（佐賀市の西隣にある小城（おぎ）市）にある清水（きよみず）観音の門前の旅館や料亭には、長崎駐在フランス代理領事アンドレ・ブクリをはじめ、聖職者以外の外国人が集められた。そのうちの一人で、映画配給会社社長のフランス人の父と日本人の母（結婚によりフランス国籍を取得）との間に生まれた当時十七歳の少女だったルイズ・ルピカール氏（フランス国籍）は、自伝『ルイズが正子であった頃』を残している。それによると、滝の近くに六、七軒あった旅館や料亭のうちの四、五軒が「収容所」となっていたが、収容所とはいっても名ばかりで、指定区域から外にでることは禁じられていたものの、「脱走防止の高い壁や有刺鉄線の設備さえ」なく、衣類や食糧などは「あるだけ全部」持ち込むことができ、家族連れには旅館の一部屋が割り当てられたという。また、弱った夫婦のなかには「手伝いに姪を連れてきた」者もいたというが、これが引っ越しのときだけ手伝いにきたのか、あるいは一緒に住み込んで身のまわりの世話を焼いたのかは不明なものの、いかにも「抑留」とはほど遠い。監視の警察官も優しくて怒鳴られることはほとんどなく、仕事もなくて退屈を持てあましていたが、近くの料亭で酒宴を開く軍人に招かれ、鯉の刺身や白米を食べたことが二度ほどあったという。また、終戦の日、日本の降伏を知って大喜びしていたある年老いた外国人が、たんに休戦しただけだと聞かされて絶望し、早まって隠し持っていた拳銃で自殺してしまったという話が書かれているが、拳銃を隠し持つことができたということは、ほとんど所持品検査はおこなわれていなかったわけで、おそらく身体検査もなかったのだろう。さらに決定的なのは、最後まで中立国だったスイス、スウェーデン、ポルトガルの国籍を持つ家族もここに集められたという事実である（Roger Mansell 氏のホームページで画像が公開されているアメリカ軍の機密解除済み文書 Declassified, E.O. 13526 に掲載されている収容者名簿による）。これでは「敵国人抑留」ではない。敵国人も中立国人も一緒くたにした、外国人の「強制疎開」というべきだろう。

ちなみに、この清水に集められた外国人の人数は、小宮氏の二〇〇九年の著書では二十一人となっている。たしかに上記アメリカ軍の収容者名簿にも二十一人の氏名がしるされているが、これは家族の代表者だけの氏名である。たとえば前述のルイズ・ルピカール氏の家族では、ルピカール氏の母親の名前だけがしるされているが、実際にはルピカール家では日本を離れていた父親を除く家族八人がここに集められていた。またルピカール氏の自伝には、イタリア人家族五人、ポルトガル人親子二人、長崎駐在フランス代理領事夫妻二

NUMBER	FULL NAME (HEAD OF FAMILY)	DATE OF BIRTH	NATIONALITY
1.	Joel Alfred Julius JOHANNSON	April 21, 1872	Swedish
2.	Edward ZILLIG	December 17, 1863	Swiss
3.	Zeferino Francisco Xavier GONSALVES	August 26, 1881	Portuguese
5.	Marie Jeanne Andrei MADEIRA de Carvalho	October 1, 1900	Portuguese
6.	Edmond SOMERS	July 30, 1873	Belgian
7.	Peter Westerbye ULDALL	May 30, 1879	Danish
8.	Yvonne LEPICARD	August 8, 1897	French
10.	Dick VIEZEE	April 13, 1866	Dutch
11.	Liugi URSO	October 1, 1900	Italian
12.	Camillo URSO	March 15, 1910	Italian
14.	Lucien BRAUN	March 7, 1876	French
15.	Pierre G. CORREARD	November 10, 1896	French
16.	Henri CAMBES	June 28, 1879	French
17.	Jean BOE	February 3, 1881	French
18.	Edward Benjamin MURCH	December 10, 1868	British
19.	Alfred Frederick GABB	September 14, 1874	British
20.	James Becil SIRIWARDENE	February 27, 1867	British
21.	Horace NUTTER	May 12, 1870	British
23.	Roland Martin MC KENZIE	June 20, 1873	British
24.	Andre Marcel BOUGLY	April 12, 1879	French
9.	Karel Louis Van TEIJN	September 23, 1877	Dutch
	Haruo Aiura (Trustee)	March 10, 1911	.Japanese

佐賀県の清水観音の門前に集められた外国人21家族の代表者の名簿
（Roger Mansell 氏のホームページから転載）

人、そして二組の老夫婦の話がでてくるから、実際には、少なくとも七人＋四人＋（一人×四）＝計十五人を加え、三十六人はいたはずである。このほかにも家族連れの者がいたとすると、さらに人数が増えることになる。小宮氏が作成されたと思われる二〇二一年刊のデュア『英国人青年の抑留日記』巻末の表では、三十九人という数が挙げられているから、こちらを採用することにしよう。

もう一か所、大分県との県境に近い、福岡県の英彦山（ひこさん）の山伏修験道場「修道館」には、修道女二十六人と修道士二人の合計二十八人が集められた。この二十八人のなかで回想録を残した人はいないようなので、詳しい実態はわからないが、同時期であることから、熊本の栃木温泉や佐賀の清水観音と似たようなものだったと推測してよいのではないだろうか。ちなみに、英彦山のある福岡県田川郡添田（そえだ）町の『添田町史』によると、昭和十八年頃から昭和二十年までの約二年間弱、英彦山周辺で合計二十八人の白系ロシア人が警察によって宿泊生活を強いられたという旅館経営者の記録が存在し、その内訳は、修道館に十二人、桜屋旅館に八人、三井石炭鉱業所の家に八人だったという（同書上巻八六八頁）。これがほんとうだとすると、戦争末期にここに集められた修道女・修道士の「先客」にあたるのだろうか。

しかし、ロシア革命のときに亡命してきた「白系ロシア人」は無国籍だから、本来なら中立国扱いとなるはずなのに、二年間もここで集団生活を強いられたというのは、にわかには信じがたい。二十八人という合計人数が一致していることから、混同の可能性も考えられるので、しばらく保留にしておく。

以上の九州の三か所について、小宮氏自身、二〇〇九年の著書では「抑留」としているものの、一九九九年の論文では（佐賀については触れられていないので、栃木温泉と英彦山の二か所について）「抑留に近い強制疎開」と書かれており、こちらを採用すべきではないかと思われる。当時は、日本人も外国人も、大人も子供も、多くの人が空襲から逃れるために疎開していたからである。

戦争末期の疎開に関しては、空襲で焼け出された永井荷風も、日記『斷腸亭日乗』のなかでドイツ人の「収容所」について触れているので、ここでざっと確認しておこう。永井荷風は昭和二十年三月十日の東京大空襲で麻布の自宅を焼失するが、身を寄せた先の中野でも、五月二十五日に大規模な空襲に遭遇する（ちなみに、このおなじ空襲で、文京区関口台にあった敵国人抑留所は焼失し、そこにいた外国人たちは聖母病院と日本女子大学体育館に分散して仮住まいすることになる）。中野で罹災した荷風は、こんどは遠く岡山方面に疎開するが、滞在していた岡山の旅館も空襲で焼けてしまう。終戦の二日前の八月十三日、岡山から北上する汽車に乗り、ちょうど日本海と瀬戸内海の中間あたりにある勝山という村（岡山県真庭（まにわ）市）を訪れた。ここには、自分のことを先生と呼んでくれる谷崎潤一郎がひと足先に疎開していたからである。しかし、谷崎が荷風を案内しようと思っていた谷川沿いの旅館はいつのまにか「獨逸人収容所」になっていて泊まれなかったと、日記にはしるされている。この収容所については他に記録がなく、詳しいことは不明だが、勝山からさらに奥に入った足温泉にあった旅館ではないかとも指摘されている（松田存『作州勝山の文学と歴史』）。温泉旅館だったとすると、収容所といっても名ばかりで、現に谷崎潤一郎が疎開していた村のすぐ近くなのだから、これも「抑留」ではなく外国人の「集団疎開」だったとみるべきだろう。

この時期には、もう「外事月報」も発行されなくなっていた（少なくとも現存していない）ので、内務省による外国人の処遇方針は確かめることができない。だから、これは仮説になってしまうけれども、戦争末期、日本にいる外国人がほとんど全員敵国人となった時点で、政策が転換され、使える抑留所は従来どおり使いながらも、それ以外の外国人は、基本的には田舎に「強制疎開」させ、警察官の監視と保護のもとで集団生活をさせるように方針が変わったと捉えるべきではないだろうか。愛知県の田舎の寺に移された二つのグループの外国人も、「抑留」から「強制疎開」に切り替えられたと考えることができるだろう。昭和二十年六月五日には、敵国人にかぎらず、すべての外国人を一定区域に「転住」させることが閣議決定されているが（「外国人居住地域ニ関スル件」）、それもこうした方針転換を示しているのではないだろうか。この頃には、日本の抑留政策は破綻したと小宮氏はいうが、「破綻」ではなく政策の「転換」と捉えるべきだろう。実際、こうした強制疎開の措置に切り替えたことで、結果的にアメリカ軍による無差別の空襲で死亡した抑留者は一人もでなかったわけだから、破綻どころか、むしろ敵国民間人の保護政策は、まがりなりにも成功したとさえいえるはずだ。

もし以上のような「強制疎開」をも「抑留」と呼ぶのであれば、軽井沢や箱根に移住して警察官や憲兵の緩い監視下に置かれていた数千人の（元）同盟国・中立国の外国人も「抑留」としなければならないだろう。実際、軽井沢に強制移住させられたフランス人ジャーナリストのロベール・ギランは、当時の不自由な生活を振り返って、「われわれの扱いは、いっさい終わってみると、かなりゆるやかな監禁だったといえる」(『日本人と戦争』三二六頁)と書いている。しかし、このギランの言葉は、やはり一種の比喩と受けとるべきだろう。これをしも「抑留」と呼ぶのだとすると、極端なことをいえば、日本に残っていた外国人は、日本という狭い島から逃れる術を奪われていたという意味で、最初から全員「抑留」されていたようなものだし、警官や憲兵の監視下に置かれていたという点では日本人も大差なかったから、とくに戦局を醒めた目で見ながら海外に逃げだすわけにもゆかなかった日本の一定数の知識人たちも、「抑留」状態に置かれていたといえないこともない。だが、こんなことをいったら、きりがなくなってしまう。

ここで、「抑留」ではなく「強制疎開」とすべきだと思われる外国人の人数を確認しておこう。小宮氏によると、神奈川県の七沢温泉に集められた外国人は三十三人で、戦争末期に九州の三か所に集められた外国人は、あわせて一〇七人にのぼる。この合計一四〇人は、最初から最後まで抑留ではなく強制疎開として、大戦をつうじた合計抑留者数から除外することができる。また、終戦時点でみると、七沢温泉から秋田に疎開していた外国人と、愛知県の二つの寺に疎開していた外国人、および九州の三か所で疎開生活を送っていた外国人は、合計一七〇人に達する。以上の人々を差し引くと(このほかにも除外すべき事例が存在する可能性があるので暫定的な数字だが)、日本における敵国民間人の抑留者数は、

大戦をつうじて一度でも抑留されたことのある人数は一、〇五八人

終戦時点では七〇六人

となる。抑留でないものまでも抑留扱いにして数を水増しするのは控えるべきであろう。

アメリカでの日系人抑留との比較

ここで、アメリカでの日系人の抑留と比較しておこう。アメリカでは十二万人近い日系人が抑留された。じつに日本の百倍以上という、けた違いの数である。この人々は砂漠の真ん中などに建てられたバラック小屋などで隔離された生活を強いられた。初期の仮収容所では競馬場の糞尿まみれの馬小屋に寝泊まりさせられたケースもあり、文字どおり家畜同然の扱いを受けたことは、山崎豊子『二つの祖国』などに描かれているとおりである。日本でも横浜郊外の根岸競馬場が抑留所として使用されたことはあったが、敵国外国人にあてがわれたのは賓客用（一説によると騎手控え室）として建てられた付属の洋館であり、まちがっても馬小屋に寝泊まりさせるようなことがなかったことは特筆に値する。

戦争中、日米交換船で帰国した日本人から聞き取り調査がおこなわれ、アメリカでの日系人抑留者に対するひどい扱いが明らかとなった。「外事月報」によると、連行されるときに手錠をかけられたり、銃を突きつけられて衆人環視のもとで歩かされたり、ほぼ全員指紋を取られ、男女ともに全裸での屈辱的な身体検査を受けさせられ、抑留所の周囲には鉄条網を張りめぐらせて機関銃や探照灯を据えつけて監視され、係員に銃で脅されるなど、威嚇的・侮辱的な扱いは枚挙にいとまがなく、ほかにも囚人服を着せられた事例や、手術直後で経過不良だったにもかかわらず無理やり病床から引き立てられて死亡した事例、あるいは殴る蹴るの暴行を受けて前歯を折った事例もあり、アメリカ政府に対しては厳重抗議をするとともに、日本ではこのような侮辱的な待遇の事例は皆無であることを確言すると、怒りをこめて「外事月報」昭和十七年十一月分にはしるされている。ただし実際には「皆無」とはいえず、この文章を書いた担当者が把握していなかっただけで、抑留所によっては現場の警官による個別の逸脱行為が存在したことはたしかである。とはいえ、全体的にみると、日本と比較してアメリカの確信犯的な「悪意」がきわだっている。たとえば、日本では警察官が銃口をつきつけて威嚇したり、ましてや発砲するようなことはなかったが、アメリカの抑留所では、機関銃で武装した陸軍兵士が周囲をパトロールし、脱走者には発砲する権限が与えられ、実際に射殺事件も起き、とりわけアメリカ政府への忠誠を拒否した日系人が収容されたトゥールレーク収容所では、常時六両の戦車が待機して警備にあたり、実際に出動して「暴動」を鎮圧したこともあった（『拒否された個人の正義』一七五頁）。また、浄土真宗の僧侶で、アメリカで開教使として布教活動をしていた田名大正（たなだいしょう）氏は、ニューメキシコ州ローズバーク収容所に抑留されていたとき、二人の病人がふらふらと列を離れただけで射殺されたことを日記に記しているが（昭和十七年七月二十八日の項）、こうしたことは日本では考えられないことだった。もしアメリカが公平に自国民をも対象として戦犯裁判を開いていたら、アメリカの民間人抑留所の警備担当者で重い有罪判決を受けた者がでていたことはまちがいない。

しかし、もっと根本的な相違点が一つある。それは、日本では、日本国籍を所持していれば抑留されることはなく、抑留中であっても日本に帰化して日本国籍を取得すれば釈放されたのに対し、アメリカでは、日本人の血をひく「日系」であれば（具体的にいうと、三代前までさかのぼって、父方であれ母方であれ一人でも日本人がいれば）アメリカ国籍であっても「ジャップはジャップだ」として抑留されたという事実である。

これは、アメリカでは国籍ではなく人種の問題であったことを示している。もともと、黒人を家畜扱いにしていたアメリカの白人たちは、奴隷制度を廃止してからも依然として人種差別を合法化し、移住してきた黄色人種、とりわけ働き者で頭がよく、経済的にも成功しつつあった日本人を警戒し、大正二年（一九一三）の「排日土地法」や大正十三年（一九二四）の「排日移民法」などの法律を制定して日本人を締めだそうとしていた。これが日米戦争の原因の一つとなったことは、つとに昭和天皇が指摘されているとおりだが、戦争によって敵同士となるはるか以前から、アメリカの白人は日本人に対して一方的に敵意をむき出しにしていたわけである。要するに、アメリカでの日本人の抑留は人種差別にもとづくものであり、事実、敵国人であるはずのドイツ人やイタリア人は、アメリカ東海岸にいた比較的少数の者をのぞき、ほとんど抑留されなかった。抑留所で番号で呼ばれて「モノ」扱いされた経験をもつ小平尚道氏が「虐殺しなかったことを除けば、すべてがヒットラーと同じ考えの下で行われた」と述べているように（『アメリカ強制収容所』六五頁）、ナチスがユダヤ人を強制収容所に入れたのとおなじようにアメリカは日本人を抑留したわけであり、敵同士であるはずのドイツとアメリカの指導者は、人種主義思想という点では見事に一致していたわけである。アウシュヴィッツを連想させる「強制収容所」という言葉は、ほとんどの日本の抑留所には当てはまらないが、アメリカの日系人抑留所にはぴったりである。

ただし、日本でも、国籍ではなく人種が抑留の判断基準となったという主張もある。アメリカ人のA・カーリー・バクストン氏による説で、氏は、日系二世（渡米した日本人移民の子としてアメリカで生まれた人々）が日本に帰国した際に、日本国籍をもっていなくても日本人扱いされ、抑留されなかったという興味深い事実に着目し、日本にも「白人への人種差別」があったと主張している。しかし、この説はまったく成り立たない。まず第一に、「日本人の血を引いていれば、アメリカ国籍であっても抑留され、抑留されなかったのは、人種差別である」というのは、いかにも奇妙な論理であるといわざるをえない。抑留されなかったのなら、差別も何もないではないか。第二に、氏の説では、抑留中に日本への帰化が認められて日本国籍を取得したことで釈放されたアメリカ人がいた事実（具体例は後述140頁を参照）の説明がつかない。第三に、日本では、戦争前から社会制度としてアメリカ人に対して組織的な人種差別がおこなわれていたわけでは、まったくない。たしかに「鬼畜米英」などのスローガンはアメリカ人にとっては人種差別的にみえるのかもしれないが、しかし戦争になれば敵に敵意を抱くのは当然のことであり、これをアメリカでの日本人差別と同列に論じることは到底できない。「日本にも人種差別があったのだからお互いさまだ」などといった論理が通用するはずもない。

アメリカだけでなく、かつてイギリス領だったカナダでも、約二万人の日本人が抑留された。日本人への人種差別はカナダでも根強く、さかのぼれば第一次世界大戦のときも、人種差別の撤廃を願って、血の代償を払って市民権を得ようと、少なからぬ日本人が志願兵としてイギリス軍に加わり、西部戦線で体を張って戦ったことは、諸岡幸麿『アラス戦線へ』などに描かれているとおりだが、そのときに戦功を立てて勲章を授与された者でさえ、太平洋戦争がはじまると、問答無用で収容所に連行されるという屈辱をなめさせられることになった。

ただし、食事の点だけを取りあげれば、時期や抑留所によってもばらつきがあるが、総じてアメリカよりも日本に抑留された外国人のほうが空腹に苦しまされることが多かった。それでも、戦争初期には、外国から非難を招かないよう、つまり外国に「宣伝の悪材料」を与えないよう、内務省が待遇に相当気を配っていたこともあって、苦労してでも十分な質と量の食糧が支給され、たとえば昭和十六年（一九四一）のクリスマスには、神奈川のヨットハーバーに設けられた抑留所では、担当の警察官自身が驚くほど大きくて厚い牛肉のステーキなどの豪華な食事が振るまわれたというが、戦争が長びくにつれて食糧不足が深刻になると、外国人抑留者の食事も貧弱なものとなっていった。しかし、これは抑留者にかぎらず、疎開児童も含め、当時のほとんどの日本人が直面していた問題であって、いみじくも本書で抑留の責任者が述べているように「悪意によるものではない」（41頁）。そもそも、この戦争はアメリカの日本に対する禁輸措置、いわば「兵糧攻め」によってはじまった（そしてそれを打開するために真珠湾の奇襲がおこなわれた）わけだから、日本列島という城に「籠城」していれば、食糧が欠乏するのは当然の成りゆきだったともいえる。ただし、一部の抑留所では、現場の警察官が抑留者向けに配給された食糧を横領することもあったようだから、こうした逸脱行為は責められねばならないけれども。

また、日本の抑留所では暖房が不十分だったと指摘されることもあるが、燃料の不足によって一般の日本人でさえ寒さに苦しみ、自宅で風呂を沸かすことさえ厳しく制限されるようになっていたわけだから、そうそう外国人ばかりを優遇するわけにはゆかないという事情があったわけである。暖房にかぎらず、抑留所での生活については、現在の豊かな日本を基準として考えるのではなく、あくまで当時の日本人の状況と比較して判断しなければならないだろう。

戦後、アメリカ政府が日本人の抑留に関して謝罪したのに対し、日本政府は外国人の抑留に関して謝罪していないことに疑問を投げかける論調もある。しかし、アメリカの抑留政策の根本には人種差別があったわけであり、ヒットラーによるユダヤ人の虐殺が非難の的となったことで、それまでアメリカで当然とされてきた人種差別が手のひらを返すように罪悪視され、タブー視されるようになった結果、謝罪が避けて通れなくなったという事情がアメリカには存在したわけである。さらに、日系人を含む多民族国家としてのアメリカの団結を強めるという政治的な思惑が働いたことも容易に想像がつく。加えて、謝罪することで、あたかも公平で誠実であるかのようなイメージを与えることもできる。しかし、一般に、人は比較的小さな自分の過失は認めても、自己の本性に触れるような大きな過失は認めたがらないもので、事実、木造建築に故意に焼夷弾を使用した大都市への無差別爆撃や、アウシュヴィッツにならぶ人類史上最大の「人道に対する罪」ともいうべき原爆について、アメリカは一切謝罪していない。しかし、その被害者は「抑留」されていなくても民間人であることには変わりなく、合計数十万人ないし百万人にも達するといわれる日本の非抑留民間人の虐殺という明らかな戦争犯罪を犯しながら、その罪を認めようとせず、それどころか、かつてインディアンを悪者に仕立てたように日本を悪者に仕立てることによって自己の行為を正当化し、しかもそれが今なお相当数の日本の歴史家や歴史教育家によって追認されているらしいのをみるにつけても、まことに歴史は勝者によって書かれるという感を深くせざるをえない。

　勝者による歴史の塗り替えという点に関しては、終戦から半年あまりが経過した時期に、アメリカでの日系人抑留の実態を伝える言説がＧＨＱによって葬り去られたという事実にも言及しておこう。極東軍事裁判は昭和二十一年五月三日に開廷するが、その直前の三月頃から、アメリカにとって都合の悪い内容が書かれていると判断された七千点あまりの書物をＧＨＱが没収対象に指定し、日本の警察や教育委員会に指示して、書店や出版社の倉庫から抜き取らせ、秦の始皇帝の「焚書」さながら、溶かして紙パルプに再製してしまった事件である。この七千点の本のなかには、アメリカで抑留されていて交換船で帰国した人々が書いた、次の回想録が含まれている。

田口修治『戦時下アメリカに呼吸する』（昭和十七年刊）
中澤健『アメリカ獄中より同胞に告ぐ』（昭和十八年刊）
赤坂正策『アメリカ監禁生活記』（同）

いずれもアメリカでの処遇の不当さを告発するような内容が含まれている。この三点を含む七千点の本は、書店、取次、出版社などの流通過程だけで没収され、図書館や個人宅の蔵書には手がつけられなかったから、一般の日本人にはまったく気づかれず、没収があったこと自体、長らく知られていなかった。これが、たとえば特高警察のように、世間の耳目をひく形で言論を弾圧するのであれば、たとえ小林多喜二のように虐殺されたとしても、キリスト教の殉教さながら、殺されてまでも信奉するに値する思想・信条なのかと注目を浴びることで、逆に価値や魅力が高まり、永遠に歴史に名をとどめるという逆転現象が起きる。いわば、肉体が滅んでも魂は残る。しかし、誰にも知られずにこっそりと言論が封殺されれば、封殺された事実そのものが忘れ去られ、すべてがなかったことにされてしまう。いわば、魂が消されてしまう。このアメリカの占領政策は、一個人ではなく一つの民族全体の精神的な遺産を奪ったものであるだけに、事は重大であり、知らず識らずのうちに日本人の歴史観をアメリカ人の物の見方にすり替えてゆくのに大いに役立ったと思われるだけに、巧妙・狡猾であり、表むきは「言論の自由」というきれいごとを掲げていただけに、偽善的といわざるをえない。もっとも、アメリカでの日系人の抑留に関しては、規模が大きかっただけに、到底隠しおおせるものではなかったけれども。

こうしてみると、アメリカがそう思わせたいと思っていたほどに、一方的に日本が悪くてアメリカが正しかったわけではなく、むしろその逆の可能性もあるのではないかと疑問を呈してみることも、歴史の公平を期すうえで、必要なことではないかと思われる。

歴史叙述の偏りと虚偽の証言

終戦直後、虐待などの戦争犯罪の有無を調べるために、GHQの係官が日本各地の俘虜収容所や民間人抑留所に派遣された。戦犯の疑いのある所長や係官を、極東軍事裁判で立件しようというわけである。この流れを汲むかのように、歴史家や研究者も、抑留した側を潜在的な加害者、抑留された側を潜在的な被害者と想定したうえで、外国人に同情を寄せる傾向があるようにみえる。しかし、抑留者に感情移入したり、日本の「加害者責任」をあぶりだそうと身構えたり、ことあるごとに「戦争の悲惨さ」ばかりを強調しようとすると、偏った歴史が書かれてしまう可能性が高くなる。また、片方の「悲惨さ」のみをえんえんと叙述すると、偏った印象を読者に抱かせてしまうことになる。

たとえば、小樽では多くのアッツ島原住民（アリュート人）が死亡したが、スチュアート・ヘンリ氏によると、これはアリュート人の結核体質と食生活の変化によるもので、アメリカ側に連行されたアリュート人も日本と同程度の割合で死亡し、しかも待遇はアメリカよりも日本のほうがまだましだったという。さらに、小樽に抑留されていたアッツ島の住民は、終戦後も日本に住みつづけることを希望し、また米軍の救援物資を日本人に与えることは禁じられていたにもかかわらず、なんとかして日本人に渡そうと知恵をしぼり、わざと新しい服に染みをつけて目の前で捨てたり、煙草に火をつけて一口も吸わずに立ち去ったりしたという。こうした本人たちの心情を無視し、アメリカでの死亡率にも言及せずに、日本でのアリュート人の死者数ばかりを取りあげて抑留所の「悲惨さ」を強調しようとするのは、公平な歴史の叙述とはいえないだろう。

あるいは、本稿では日本軍が占領した地域での民間外国人の抑留については扱わなかったが、ここですこしだけ触れておくと、たとえば蘭印（オランダ領東印度、現在のインドネシア）で日本軍が抑留したオランダ人への処遇がひどかったことを強調しようとする向きもある。しかし逆に、日本軍が進撃してくる以前に、蘭印に居住していて抑留された日本人に対する、オランダの処遇もひどいものだった。たとえば、疲労でまっすぐに歩けずによろめいたところを、いらだった警備兵に射殺されたり、糞尿と吐瀉物の臭いが充満する狭い船内に何日も閉じこめられてオーストラリアまで運ばれ、砂漠の真ん中の抑留所で苦労を重ねた日本人もいたのである（赤沼三郎『抑留日記』）。こうした事実を無視し、日本の罪ばかりを問おうとするのは、片手落ちといわざるをえない。それに、日本はインドネシア人を抑留したのではなく、インドネシアを植民地支配していたオランダ人を抑留したのである。インドネシアのカンピリ婦女子抑留所長だった山地正氏は、抑留されたオランダ人は気位が高かったと述べているが、これはとりもなおさず白人としてのプライドの高さだと思われる。抑留所の警備にはインドネシア現地人が採用されたから、支配関係が逆転し、本来なら自分たちが支配すべき「野蛮人」に支配されることになったオランダ人は、さぞかし憤慨し、日本人を恨んだことであろう。実際、戦後の極東軍事裁判において、オランダは取調べ中に六十八人もの日本人を拷問と虐待によって死に至らしめた上、連合国のなかで最多となる二百二十九人もの日本人に死刑を執行した（『戦犯裁判の実相』）。これは、日本がインドネシアの独立を手助けしたことへの報復だとみなされているが（『BC級戦犯』一九〇頁）、実際、日本が大東亜戦争によってオランダ人による侵略と圧政からインドネシア人を解放したという側面もあったわけである。こうしたことを無視して、それまで三世紀にもわたってインドネシアに君臨し、いわば国民全員を不当に「抑留」してきたオランダ人の植民地支配を棚にあげ、それにくらべればわずかな期間の「悲惨さ」だけを強調しようとするのは、バランスを欠いているといわざるをえない。

また、戦後日本のキリスト教関係者も、結果的に戦争に「協力」してしまった後ろめたさを振り払うためか、戦前・戦中は自分たちこそ布教活動を妨げられた被害者だったとする立場を強調しながら、軍や警察を指弾し、抑留者に過度の同情を寄せようとする傾向が強い。ほんの一例を挙げるなら、交換船に乗って帰国するかどうかは、あらかじめ本人の意思を確認したうえで、多少の手違いはあったにせよ、原則として希望者のみが送還された（『ひとりが千人を追う』一一七頁、レオノラ・エディス・リー「戦中覚え書」一四二頁、*Parenthèse dans un Apostolat*, p.8）。しかし、キリスト教関係者の書く本では、これを「強制」送還と表現しているものが少なくない（『大正・昭和カトリック教会史3』一一五頁、『北海道とカトリック（戦前編）』四〇六頁、『明治学院九十年史』二二九頁、「聖母被昇天修道会による明の星学園における教育の理念と実際」等）。もちろん宣教の志を遂げずに帰国するのは不本意だったろうけれども、これは強制ではなく、本人が希望した結果なのである。戦前にキリスト教が不当に圧迫されたことを強調しようとするあまり、つい筆がすべって「強制」と書いてしまったような印象を受ける。

以上は、歴史を叙述する側の問題だが、実際に抑留された体験をもつ人々の証言も、客観性や公平性を欠いている場合がある。一般に回想録というのは、自己弁護や美化によって事実が枉げられたり、一方的な見方になってしまうことが少なくないが、とりわけ戦争中の抑留者の場合は、敵国に対して敵意や反感を抱くのが当然だから、たんなる文化の違いを悪意に解釈するなどの偏見が証言にまぎれこむ余地が大いにある。それだけでなく、憎悪の念が強ければ、意図的に嘘をついて復讐しようとすることさえある。

たとえば、日本に滞在していたアメリカ人ジャーナリストでUP通信（United Press）の東京支局長だったロバート・ベレア Robert Bellaire は、真珠湾攻撃の翌日に東京の田園調布の菫家政女学院（現在の田園調布雙葉学園）に抑留され、約半年間の抑留生活ののち、昭和十七年（一九四二）六月下旬に第一次日米交換船に乗って日本を離れたが、二か月にわたる長い航海のすえ、ようやく八月二十五日にニューヨークに到着すると、その一か月後、週刊誌「コリアーズ」*Collier's* 九月二十六日号に「東京の悪夢」と題するセンセーショナルな記事を寄せた（他の雑誌にも転載された可能性がある）。その冒頭の編集部による紹介文には、「恐怖と飢餓の悲惨な六か月間を生きのびた男が語る、日本最悪の強制収容所。どのようにして生きのびられたのか驚かれることでしょう」と書かれている。「リオデジャネイロからラジオ放送された」とも注記されているから、もとはラジオ局で朗読された原稿だったらしい。そういえば、おなじ交換船に乗って帰国したアメリカのグルー大使も、乗り合わせた他の乗客から聞いた日本の刑務

ロバート・ベレアの悪意にみちた記事「東京の悪夢」（*Collier's*, September 26, 1942）

所での拷問の話を、帰国から五日後の八月三十日にアメリカのCBSラジオで語っている（グルー著『滞日十年』末尾に収録）。テレビのなかったこの時代、ラジオは多くの人々に訴えかけることができたという点で、新聞以上に強い影響力をふるったはずである。さて、この記事のなかで、ベレアは何度も「飢餓」という言葉を繰り返しながら、おなじジャーナリスト仲間のオットー・トリシャス（『トーキョー・レコード』の著者）が刑務所で受けた待遇とも故意に混同させながら、「日本最悪の強制収容所」というイメージを読者に植えつけるために、荒唐無稽ともいえる話を語っている。たとえば、戦争前から東京や横浜の有名ホテルでは、死んだ犬や猫の肉をひき肉に使って調理していたとか、それだから抑留所での食糧事情の悪さは推して知るべしで、支給される魚は数メートル先から悪臭がただよったなどと書いている（おそらく焼き魚のことだと思われるが、たしかに欧米人は焼き魚を食べる習慣がないから臭いと感じるものだが、日本に滞在していたならそれくらいのことは百の承知のはずなのに、そこはわざと説明を省略し、読者に「ひどい」という印象を与えることを計算しての発言である）。また、風呂場でサソリ（スコルピオン）に刺されたとか（もちろん東京にサソリなどいない）、冬でも「靴を履くのが禁止されたために、足に赤ぎれができてしまった」などと述べている（室内では靴を脱ぐという日本の習慣はわざと説明していない）。しかし実際には、この抑留所の畳の上にはカーペットが敷きつめられていてストーブもあり、食糧の差し入れも無制限に認められていて、裕福な実業家や銀行家もいたから食べきれないほどの食糧が持ち込まれ、大みそかには盛大なパーティーを開いて酒も飲むことができたと、おなじ抑留所に収容されていた青山学院講師ローランド・ハーカーは書いている（ハーカー「日本日記」）。このハーカーは、名前は伏せているが、後日ベレアと思われるジャーナリストにアメリカで再会したときに、「飢餓」というのは事実に反するのではないかと問いつめたところ、「冷笑的」に「編集者というのは奇妙なことを要求するんだよ……」といわれ、「嘘を書いて記事を売った言い訳としか、聞こえなかった」と書いている。また、すこし遅れておなじ抑留所に連れてこられた成美学園元校長の女性宣教師オリーヴ・ハジスも、帰国する交換船のなかでこのベレアの記事を読んで違和感を覚え、実際には食べきれないほどのパンが支給され、余った残りでケーキやクッキーを焼き、「ほとんどの警官が好意的」で「友情の家」と呼びたいほどだったと書き残している（『私たちのハジス先生』五五頁）。もっとも、ハジスはことさら好意的に解釈してくれているようなので、逆に割り引いて受けとる必要があるかもしれないが、それにしてもベレアの中傷記事は、歪曲と悪意が度を超えている。これは、自分や仲間が受けた処遇が不当だと感じていたからなのだろうか、それとも興味本位のスクープ記事で世間を驚かせたかったからなのだろうか。いずれにせよ、ラジオで放送され、雑誌記事にもなった以上、多くのアメリカ人の憎悪の感情に火をそそいだことはまちがいない。ちなみに、ロバート・ベレアは終戦の翌月にコリアーズ誌の特派員として再び日本を訪れ、乗っていたジープの事故で頭蓋骨を骨折して死亡している。まだ三十一歳の若さだった。

もう一つ例を挙げよう。戦争初期、日本軍がアッツ島を占領したとき、この島には四十二人の原住民（アリュート人）がいて、それ以外にアメリカ人の白人夫婦が二人だけ住んでいた。夫チャールズ・フォスター・ジョーンズと妻エッタ・ジョーンズ Etta Jones である。この夫婦は、日本軍の捕虜になるのを恐れて自殺をくわだてたところ、夫は死亡し、妻だけが日本に連行されて神奈川県（横浜、のちに戸塚）で抑留されたが、この妻は終戦後にアメリカに帰国してから、夫は自殺ではなく「日本軍に殺された」と新聞記者に嘘をついたことが知られている（スチュアート・ヘンリ「昭和十七年小樽　四十名のアリュート人」）。このエッタ・ジョーンズとは別に、アッツ島の原住民たちは小樽に抑留されたが、アメリカの新聞では、この小樽の抑留所では「臭い魚」や「腐った野菜」（おそらく焼き魚や漬け物のことだと思われる）を食べさせられたと報道したり、抑留所の病人に点滴するブドウ糖がなかったので苦労して製造して使用したところ「生体実験」だと報じたりしたという。いわゆる「日本軍による捕虜虐待」神話がつくられていった一端がうかがえるが、こうした嘘や誇張は、戦後の「戦犯裁判」のゆくえにも影響を与え、無実の日本人に罪を着せることにもつながった可能性がなかったとはいえないだけに、事は重大である。それにしても、エッタ・ジョーンズが「夫は日本軍に殺された」などと嘘をついたのは、戦後まだ盛んだったアメリカの新聞の反日キャンペーンに迎合するためだったのだろうか、あるいは「狂言」を打って注目を集め、悲劇のヒロインになりたかっただけなのだろうか。

この二つはわかりやすい例だが、ほかにも苦しい体験をした抑留者は、同情を惹こうとするために、あるいは苦難の日々で培われた敵意と反感ゆえに、もしくは戦争直後ならば勝ったアメリカ軍におもねろうとして、誇張した証言をする可能性があり、たとえ悪意がなかったとしても、異なる文化への無理解によってゆがめられた証言をする可能性があるということは、承知しておく必要がある。とくに、プライドが高ければ高いほど、抑留という現実を受けいれるのに非常な心理的困難を感じたようで、たとえば前述の「元」イタリア大使らは、戦後アメリカ軍に提出された陳述書のなかで、「文明化されていない」日本の「野卑で無知な警察官の手に委ねられた」ことについて激しく憤慨している。なんとなく人種的な偏見の匂いが感じられるが、そういえば前述のジョーンズ夫人も、アッツ島に住んでいたときから、モンゴル系の黄色人種だったアリュート人に対して人種的な偏見を抱いていて、原住民とは意思疎通を欠いていたというから、白人としてのプライドが高かったのだろう。だから、アリュート人と同系統の黄色人種（モンゴロイド）である日本人によって連行され、抑留されたときは、本来なら白人が指図すべき黄色人種の指図を受けたというだけで、気も狂わんばかりの心理的苦痛を感じたことと推察される。それで「夫は日本軍に殺された」などと口走ったのではないだろうか。

以上のような抑留体験者とは対極の立場にあった警察官も、戦後かなり経ってから、何人かが短い回想や談話を残している。しかし、こちらは逆に「戦犯」ではないことを証明しようとするかのように自己弁護に走りがちで、きれいごとばかり語られていることが多く、やはり鵜呑みにするのは危険である。戦後、個別に編纂された各県の「警察史」では、抑留所の警備を担当していた警察官の談話が紹介されていたり、警察官の記憶をもとに記述されていることがあるが、警察に都合の悪いことは触れられず、不祥事を隠蔽しようとする意図すら感じられることがある。たとえば『神奈川県警察史』では、山北（内山）の抑留所に関して、警察官は最善を尽くしたのに「戦犯裁判」で抑留所の警備主任が有罪になったのは納得がゆかないといった口ぶりで書かれている。しかし、実際にここに抑留されていたイギリス国籍のシディンハム・デュアが書き残した抑留日記を読むと、警察官たちは抑留者に配給されるべき食糧を流用して私腹をこやしていたようだから、罪に問われてもしかたがない気もする。

とはいえ、抑留者の観察が必ずしも正しいとは限らない。たとえば福島の抑留所で調理を担当していた料理人は、かぼちゃをボイラーの近くに保管していて腐らせてしまったことがあり、食糧を隠して腐らせたと抑留者に誤解されてしまったという（紺野滋『福島にあった秘められた抑留所』九九頁）。これは些細なエピソードだが、一般に極度の空腹状態にある場合や、ましてや恨みを抱いている場合は、誤解や先入観によって真相が見えなくなったり、ときとして被害妄想がまぎれこむ余地もあるという、一つの例だといえる。

さて、このように意図的もしくは非意図的な事実の歪曲がつきものの回想録だが、マリー＝エマニュエル修道女の書いたものは、若干の思い込みや事実誤認はあったとしても、すくなくとも故意に虚偽の証言をするといったことは一切なかったと思われる。これについては最後に触れるとして、その前に、その生涯をできるだけ詳しく追ってみよう。

後編　マリー＝エマニュエル修道女の軌跡

戸籍名と修道名

のちにマリー＝エマニュエル修道女となる女児は、一九〇八年十一月一日、イギリスのロンドンの北西の郊外にある街ハーロウ Harrow（現在はロンドン市に編入されている）で誕生した。戸籍上の氏名は、メリー・ガートルード・エズミー・グレゴリー Mary Gertrude Esme Gregory。このうち最後の「グレゴリー」が姓で、名が「メリー」、「ガートルード」、「エズミー」と三つもある。後述する日本の抑留者名簿では「メリー」と「ガートルード」の二つの名だけが使用され、帰国時の乗船者名簿には「メリー」という名だけがしるされている。

二十三歳のとき、フランスに本部を置くヌヴェール愛徳修道会の修練女（修道志願者）となり、このときに「エマニュエル」Emmanuel という修道名を授かった。細かいことをいうと、このフランス語は男性形であり、女性ならふつうは女性形で Emmanuelle と綴るはずである。これについてヌヴェールの本部修道院に問い合わせたところ、なぜこのように名づけられたのかは、今となってはわからないとのことだった。しかし、あえて推測すると、聖書のなかの聖母マリアの処女懐胎を予言したとされる言葉「見よ、おとめが身ごもって男の子を産む。その名はインマヌエルと呼ばれる。」(『マタイによる福音書』第一章二十三節)を踏まえ、この「男の子」の「インマヌエル」に対応するフランス語にするために男性形にしたのではないだろうか。

その三年後、二十六歳で正式に修道女になったとき、「エマニュエル」の前に「マリー」(英語の「メリー」に相当するフランス語)をつけて「マリー゠エマニュエル」Marie-Emmanuel と呼ばれるようになった。「マリー」と「エマニュエル」は、どちらか片方だけでもよくみかける名だが、フランスではこのように二つの名をハイフンによってつなぐ「複合名」が多くみられる。この Marie と Emmanuel の間に入っているハイフン(フランス語で「トレデュニオン」)は、日本語に訳すときは、二重にして「゠」とするのが戦後日本のフランス文学畑での慣例となっている。これは、おそらく一重にすると長音記号とまぎらわしくなり、また半角文字で視認しづらいからではないかと思われる(それゆえ「イコール」ではない)。しかし、歴史的に長いスパンでみると、人名に含まれるハイフンの有無は流動的であることから、ヌヴェールの本部修道院の文書保管室では、ハイフンはすべて省いて活字化する方針を採用しており、そうすると日本語訳は「マリー・エマニュエル」となる。しかし、ここでは本書のフランス語原書にしたがい、ハイフンありとみなして「゠」で訳すことにしよう(後述する本書の抜粋を掲載した雑誌でも、このようにハイフンが入っている)。たとえば三歳年上の哲学者 Jean-Paul Sartre を「ジャン゠ポール・サルトル」と表記するのとおなじである。ちなみに、名前のつけ方には流行があり、現在のフランスでは高齢者をのぞいて「複合名」はあまりみかけなくなっている。

一般に、修道院に入るときに授けられるのは名だけで、姓は与えられない。修道院内の狭い世界では「マリー＝エマニュエル」だけで通用するが、対外的に姓も必要になったときは、戸籍上の姓「グレゴリー」を用いて「マリー＝エマニュエル・グレゴリー」と名のるわけである。

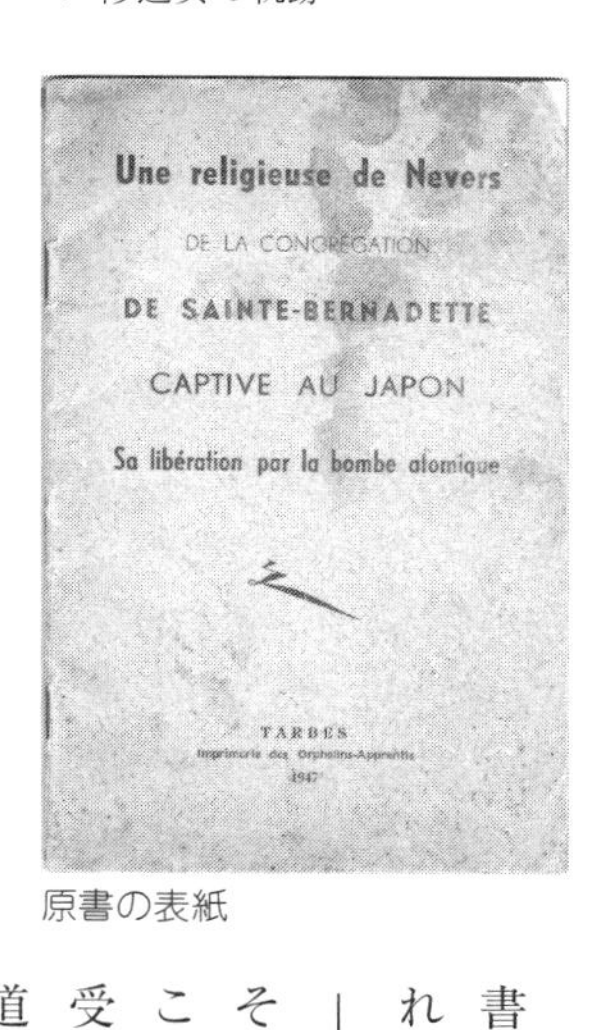

原書の表紙

原書には奥付がなく、一見すると著者名も書かれていない。原書の表紙には、活字を変えながら五行にわけて『日本でとらわれの身となったヌヴェールの聖ベルナデッタ修道会の一修道女——その原爆による解放』という長い題名がしるされていて、その原文の最初の三行（傍点を振った部分）だけを切り離せば、これが著者名のようでもあり、匿名で書かれているような印象を受ける。しかし、ページを最後までめくると、本文末尾に「修道女マリー＝エマニュエル・グレゴリー」Sœur Marie-Emmanuel GREGORYとしるされていて、ここではじめて執筆者の名前が明かされるしくみになっている。

著者名を日本語に訳すにあたっては、「シスター・マリー＝エマニュエル」とすることも考えたが、「シスター」という英語と「マリー＝エマニュエル」というフランス語を組み合わせるのは、重箱読みのようで多少違和感があるし、日本のヌヴェール愛徳修道会でも、修道女に「シスター」をつけて呼ぶようになったのは一九六〇年代の第二バチカン公会議以後のことであり、それ以前は、フランスの修道会らしく「シスター」に相当するフランス語「スール」（または「マザー」に相当するフランス語「メール」）の敬称が用いられていたというから、当時の言葉づかいを尊重するなら「スール・マリー＝エマニュエル」とすべきかもしれない。しかし「スール」では一般には通じにくいので、ここでは「シスター」も「スール」もやめて、「マリー＝エマニュエル修道女」と呼ぶことにしよう。一部の日本語文献では「シスター・メリー・エンマニュエル・グレゴリー」（「人物を通してみる聖母女学院のあゆみ」二頁）または「メール・マリー・エンマヌエル・グレゴリー」（『マ・メール』一五八頁）と表記されている。

ちなみに、一九七〇年前後に、マリー＝エマニュエル修道女は、理由はわからないが「マリー・ノエル」Marie Noël と呼ばれるようになったという（これも Marie と Noël の間にハイフンが入るのだとすると「マリー＝ノエル」と表記することができる）。

さて、マリー＝エマニュエル修道女の足どりをたどる前に、まずは所属していたヌヴェール愛徳修道会について、ざっと要約しておこう。

ヌヴェール愛徳修道会と聖母女学院

ヌヴェールは地理的にフランスのど真ん中に位置する街で、フランスの中央を東から西に流れる長大なロワール河に面している。街の南側を河が流れ、視界をさえぎる山がなく、川底が浅いためか、冬でも陽光あふれる印象を受ける。

マルグリット・デュラス脚本、アラン・レネ監督の映画「ヒロシマ、私の恋人（モナムール）」（邦題「二十四時間の情

手前（東）から奥（西）へと流れるロワール河に面するヌヴェールの街並み（絵葉書）

事」）は、このヌヴェール生まれの女性が主人公となっている。思春期の頃、第二次世界大戦中に攻めてきたドイツ兵と恋に落ち、その後、フランス軍が巻き返してこの街を奪還したときに、このドイツ兵も撃たれて死亡し、自分も敵国兵と通じた非国民として頭髪を丸刈りにされて心に深い傷を負い、のちに女優となって撮影のためにたまたま訪れた広島で、こんどは日本人男性と恋に落ち、封印してきた自分の過去と向き合う、という設定になっている。映画のところどころで、広島の原爆の映像とともにヌヴェールの風景がフラッシュバックのように挟まれているが、しかしこれは基本的にはフィクションであって、歴史的事実としては、おなじ原爆でも広島ではなく長崎のほうがヌヴェールと縁が深かったことは、本書が示しているとおりだ。

ヌヴェール愛徳修道会は、一六八〇年、ちょうど絶大な権勢を誇る「太陽王」ルイ十四世が壮麗なヴェルサイユ宮殿を完成させようとしていた頃、日本でいえば徳川綱吉が五代将軍となった年に、ヌヴェールに近いサン＝ソージュ Saint-

ヌヴェール愛徳修道会の本部、サン＝ジルダール修道院の礼拝堂（絵葉書）

Saulge（ℓは発音しないので「サン＝ソルジュ」ではない）村でジャン＝バティスト・ドラヴェンヌ神父によって設立された。当時のフランスでは富の集中が進み、貧富の差や社会的な格差が極端に激しく、乞食や文盲も多かったことから、そうした人々や、とりわけ不利な立場にあった女性を救うことがこの会の目的とされた。まもなくヌヴェールに拠点を移し、施療院（オピタル）（英語だと「ホスピタル」となり、貧困者を対象に食事やベットを提供しながら医療も施す施設で、病院の前身）での慈善事業と女子教育に力を入れる修道女会として発展した。要するに、シスター（修道女）がナース（看護婦）やティーチャー（教師）として活動したと考えればわかりやすい。こうした社会奉仕活動を重視する修道会のことを「使徒的」修道会と呼ぶ。

同会は順調に発展するかにみえたが、設立の約百年後、一七八九年にフランス革命が勃発してしまう。これも貧富の差を是正するための一つの試みではあったが、その手段は過激で暴力的なものだった。革命政府は王権とならんで教権、すなわち精神的に人々を支配していたキリスト教をも「理性」に対立するものとして目のかたきにした結果、多くの聖職者がギロチンや銃殺などによって処刑され、フランス各地の教会や修道院が破壊された。ヌヴェール愛徳修道会でも、修道女が投獄されるなどして活動が一時中断されたが、しかし当時は立派な修道院を持っていたわけではなかったことが不幸中の幸いとなり、革命の嵐が収まってからは、比較的早く立ち直ることができたようだ。ヌヴェールに同会の本部となるサン＝ジルダール修道院が建設されたのは、フランス革命から約半世紀後の十九世紀中頃、一八五六年のことだった。この頃はナポレオン三世による第二帝政（一八五二〜一八七〇）の初期で、聖職者が学校教育の現場に呼び戻されるなど、政府がカトリックに対して好意的だったことが追い風となった。

その二年後の一八五八年、ちょうど日本では幕府が安政の五か国条約を結ばされ、横浜、神戸、長崎などの外国人居留地でキリスト教の活動を認めざるをえなくなったのとおなじ年、フランスでは名高い「ルルドの奇蹟」が起きた。ことの発端は、フランス南西部、スペインとの国境に近いルルドの洞窟で、読み書きもできない貧しい十四歳の少女ベルナデッタ・スビルーに聖母マリアが数回にわたって出現したことだった（「ベルナデッタ」は、標準的なフランス語の発音にしたがえばむしろ「ベルナデット」と表記すべきだが、しばらく日本での慣用にしたがっておく）。聖母マリアが「出現」したというのは、要するに聖母マリアの姿が見え、声が聞こえたということだから、無神論者にいわせれば幻視と幻聴にすぎないということになるかもしれないが、いずれにせよ、この話が評判を呼び、ルルドの洞窟の泉を飲んで病気が治癒するという事例が起きたことから、ヨーロッパ中に知れわたることになった。こうして多くの人がルルドに詰めかけたが、ベルナデッタ自身は人々の好奇の目にさらされ、日常生活にも支障がでるようになったことから、ヌヴェール司教テオドール＝オーギュスタン・フォルカードの勧めにしたがい、一八六六年、かくまわれるようにしてヌヴェール愛徳修道会に入会した。ベルナデッタは、十三年間の修道院生活ののち、一八七九年に三十五歳の若さで逝去したが、その遺体は逝去時の美しい姿のまま、今なおヌヴェールのサン＝ジルダール修道院に、まるで蠟人形のようにして安置されている。

その後、ルルドの奇蹟がローマ法王庁に認められて列聖されたベルナデッタは、ヌヴェール愛徳修道会にとって代名詞的な存在となり、「ヌヴェール愛徳修道会」というよりも、本書の原題にあるように「聖ベル

614 - LOURDES - Bernadette Soubirous en costume de religieuse
de la Congrégation des Sœurs de Nevers
Grands Magasins du Monde Catholique M. Romain

ヌヴェール愛徳修道会の修道服を着たベルナデッタ・スビルーの写真（絵葉書）

今もサン＝ジルダール修道院に安置されているベルナデッタ・スビルーの遺体（絵葉書）

ナデッタ修道会」といったほうが一般には通りがよいほどになる。現在でも、ここにいる修道女たちは、なにかにつけて聖ベルナデッタにとりなしを願って祈りを捧げている。

ちなみに、ベルナデッタに修道院入りを勧めたフォルカード神父は、パリ外国宣教会に所属し、江戸時代後期の一八四六年（弘化三）、フランスの軍艦に乗りあわせて長崎港に入港しながら、まだ鎖国政策が堅持されていたために上陸することが叶わずにフランスに引き返し、ベルナデッタと出会った当時はヌヴェール司教を務めていたのだった（これが「ヌヴェール」と「長崎」の縁を結ぶ最初の出来事だったといえるかもしれない）。フォルカード司教は日本への思い断ちがたく、しばしばヌヴェール愛徳修道会の修道女たちに日本への布教の夢を語ったという（*Dom de Laveyne et...*, p.175）。この夢はすぐには実現しなかったものの、同会による日本への布教は、フォルカード司教の遺志を継ぐものだったといえる。

一八七〇年の普仏戦争でフランスのナポレオン三世が敗れ、第三共和政に移行すると、フランスでは義務教育の推進とともに、ふたたび学校教育から宗教色が排除されていった。とりわけ、十九世紀末のドレフュス事件（ユダヤ人ドレフュス大尉の冤罪事件）をきっかけに、キリスト教に反対する急進左派が勢いを増し、「政教分離」の旗印のもとで、フランス全土で次々と修道会系の学校が閉鎖され、小学校から十字架像が撤去されていった。カトリック界にとっては、フランス革命の再来を思わせるような冬の時代となり、学校教育から締め出された修道士や修道女は職を失い、活路をひらくために隣国や植民地に移転する動きが広まった。ヌヴェール愛徳修道会でもフランス国外への進出が図られ、たとえばイギリスには一九〇三年にトンブリッジとブライトンの二か所に拠点がもうけられた。トンブリッジでは英国国教会からの風当たりが激しく、修道女たちは苦労を強いられたが、しかし、ここはのちにマリー＝エマニュエル修道女が修練を積むことになる地であり、またブライトンは最晩年をすごすことになる地である。お膝元（フランス国内）には種をまけず、よんどころなく遠く（イギリス）へまいた種が貴重な実を結んだような印象を受ける。

日本への布教については、それまでもベルナール・プティジャン大阪司教やアレクサンドル・ベルリオーズ函館司教などからの働きかけがあったが、ヌヴェール愛徳修道会が日本への進出を決めたのは一九一四年（大正三）のことだった。しかし、折悪しくこの年に第一次世界大戦が勃発してしまう。政教分離が徹底していたフランスでは、聖職者でも特別扱いされることなく召集されたから、それまで日本で布教活動をしていたジャン＝バティスト・カスタニエ神父やシルヴァン・ブスケ神父（ともにパリ外国宣教会に所属）もフランスに帰国して従軍したが、帰国したついでに、ヌヴェールの修道女たちに改めて日本での布教を勧めたことで、再び来日の機運が盛りあがることになった。第一次世界大戦がフランスに大きな爪痕を残して終結してから三年が経過し、世の中が落ちつきをとり戻した一九二一年（大正十）、ようやく来日が実現することになる。

ヌヴェール愛徳修道会を大阪に呼びよせたカスタニエ司教については、本書17頁にもでてくるので、ここでざっと触れておこう。司祭として初来日したのは一九〇〇年（明治三十三）のことで、しばらく日本語を習得してから、京都の北の日本海に面する舞鶴で教区司祭を務め、日本滞在が十四年におよんだときに第一次世界大戦がはじまった。フランスに帰国して看護兵や郵便検閲官として従軍したが、大戦末期の一九一八年（大正七）に司教に叙階されることになったのを受けて軍務を解かれ、再来日して大阪司教に就任したのだった。教育機関の整備と充実に力を入れ、来日したヌヴェール愛徳修道会の学校設立の動きにも惜しみない援助を与えることになる。

さて、日本に行くことが決まったものの、ヌヴェールの修道女たちにとっては日本は遠い未知の国で、まだ心細く感じていたところ、偶然、関西きっての実業家だった稲畑（いなばた）勝太郎の長女きくがフランス滞在中にヌヴェール本部修道院を訪れ、修道女たちを大喜びさせた（聖母女学院『五十年誌』所収の木村可縫「回想」）。

この稲畑勝太郎も、日仏交流史に名を残した人物なので、ここで触れておこう。幕末に京都で生まれた稲畑勝太郎は、明治十年（一八七七）、ちょうど西南の役で西郷隆盛が切腹した二か月後、日本でのフランス語教育に多大な足跡を残したレオン・デュリーが帰国するのに同行してフランスに渡り、リヨンの工業学校やリヨン大学に籍を置いて化学を学びながら、染物工場で徒弟生活を送って染色技術を習得し、滞仏八年におよんだ。帰国後は、関西に会社や工場を設立し、とりわけ陸軍のカーキ色の軍服を考案して産業界の重鎮となり、ヌヴェールの修道女たちが来日したときは大阪商業会議所（のちの大阪商工会議所）の副会頭を務めていた（翌年に会頭に就任）。また、映画を発明したリュミエール兄弟の兄のほうと工業学校で一緒だった縁で、興行権を取得して日本で初めて映画を上映したことでも知られている。その後も視察などのためにたびたびフランスに渡り、劇作家で駐日フランス大使のポール・クローデルとともに関西日仏学館を設立するなど、日仏親善に尽力し、来日した有名な外国人を京都の豪邸に招いて歓待することを楽しみとしていた。カトリック信者でもあり、ローマ法王のレオ十三世とピウス十一世にも謁見している。

この稲畑勝太郎の長女きくもカトリックだったらしく、聖心女学院を卒業し、ヌヴェールの修道院を訪れたときは数えで二十九歳になっていた（既婚だったが、婿をとる形だったので稲畑姓のままだった）。ヌヴェールを訪れたのは、おそらく安置されていたベルナデッタの遺体を拝むためだったのだろう。思いがけずフランス語を話す日本人女性、しかも大阪の有力者の令嬢が現れたことに意を強くしたフランス人修道女七人は、これを渡りに舟と、大正十年（一九二一）三月二十五日、南仏マルセイユを出港し、五月八日に神戸に上陸した。

神戸でカスタニエ司教や稲畑勝太郎夫妻らの出迎えを受けた一行は、二週間ほど神戸の「ショファイユの幼きイエズス修道会」に泊めてもらってから、カスタニエ司教のいる大阪の玉造教会（司教座聖堂）に移ってきた。この教会は大坂城の南隣にあり、かつて関ヶ原の戦いの前夜、石田三成に攻められたキリシタンの細川ガラシャが自害を遂げた細川屋敷跡に建っている。七人の修道女は、この教会の敷地内にあった旧孤児院の建物を使わせてもらうことになり、ここに修院（修道院）を置き、稲畑きくに紹介された関西の実業家の夫人や令嬢などを相手にピアノ、油絵、刺繍、フランス語、英語などの個人授業をはじめた。のちにいわゆるA級戦犯として絞首刑になる木村兵太郎陸軍大将の夫人で、戦後は白菊遺族会の会長となる木村可縫も、ここでピアノを習ったという。こうした個人授業のかたわら、本格的な学校設立の準備が進められ、やはり稲畑の人脈で錚々たるメンバーが学校設立の賛助員に名をつらねた。すなわち住友財閥の住友忠輝、藤田財閥の藤田彦三郎、のちに言論界入りする実業家の武藤山治、安宅産業の創業者安宅弥吉、甲南学園の創立者でのちに文部大臣になる平生釟三郎、阪急電鉄の社長を務めた平賀敏、それに稲畑勝太郎、以上七名の財界人の妻たちである（「大阪朝日新聞」大正十二年二月十六日の記事、『五十年誌』による）。こうした「名流夫人」たちの後押しもあり、来日の二年後の大正十二年（一九二三）春、聖母女学院の開校にこぎつけた。この年の九月一日に関東大震災が起こり、罹災した谷崎潤一郎らが関西に転居してくることになる。

その二年後の大正十四年（一九二五）、聖母女学院が「高等女学校」として文部省に認可された。当時は、小学校をのぞけば基本的には男女別学で、いわゆる「旧制中学」は男子校で、それに対応する女子校が「高等女学校」だった。どちらも五年制で、原則として現在の中学一年から高校二年に相当する。最高学年の五年生になると、聖母女学院では修学旅行が催され、東京や箱根にも行くようになる。一学年の生徒数は最初のうちは二十人ほどで、裕福な家庭の娘が多く、いわゆる「お嬢様学校」だったようだ。

ただし、文部省の方針で、旧制中学や高等女学校では宗教教育は禁止されていた（明治三十二年の文部省訓令第十二号による）。ミッションスクールによっては、とくにプロテスタント系の場合、宗教教育をおこないたいがために、あえて旧制中学や高等女学校としての認可を受けず、「各種学校」に分類される道を選ぶことも多かった。しかし、高等女学校となっていた聖母女学院では、学校内でキリスト教の教えを説くことはできず、のちに教師として赴任してくるマリー＝エマニュエル修道女も、生徒たちに「善良なる神様のことを、幾度話してあげたいと思ったことでしょう」（本書10頁）と残念そうにしている。蛇足ながら、こうした宗教教育の制限は、前述のようにフランスでも政教分離政策によって徹底して推進されていたから、いわゆる「軍国主義」日本に特有の現象ではない。

聖母女学院の校長を務めたのは、来日した七人の修道女のなかの最年長で、来日当時五十歳だった修道院長マリー＝クロチルド・リュチニエ Marie-Clotilde Lutinier（リュティニエとも表記される）だった。正確には、監視役のような立場として来日し、学校の設立を見届けたらフランスに帰る予定であって、じつは初代院長と初代校長を務めたのは二番目に年長だった修道女「メール・グザビエ・デルマス」であり、この修道女が昭和二年（一九二七）にフランスに帰国したために、そのあとを受けてマリー＝クロチルド・リュチニエが院長・校長となって日本にとどまることになったのだという（『マ・メール』六〇頁）。しかし、一般

厳しくも深い慈愛の感じられる相貌のマリー＝クロチルド・リュチニエ（聖母女学院『五十年誌』より）。左右に垂れさがっている白い頭巾はヌヴェール愛徳修道会の修道服の特徴。

にはマリー＝クロチルド・リュチニエが聖母女学院の「創立者」（実質的な初代院長兼初代校長）であると受けとめられており、今なお同校ではフランス語でたんに「院長様」を意味する「レヴェランド・メール」といえば、このマリー＝クロチルド・リュチニエを指すほど別格扱いされている。マリー＝エマニュエル修道女よりも三十七歳年上で、マリー＝エマニュエル修道女が赴任してきたときは六十九歳になっていた。本文中でも「院長様（メール）」としてたびたび登場する。神戸の抑留所には、一度面会に来てくれたものの、長崎に移ってからは音信不通となり、何度手紙をだしても返事が得られず、本文中でも安否が気づかわれているが、実際には老齢ながらもマリー＝クロチルド・リュチニエは健在で、戦争中の中断を挟んで昭和二十九年（一九五四）まで校長を務め、昭和三十九年（一九六四）に九十三歳で帰天（カトリックでは逝去のことをこう呼ぶ）した。

さて、大阪の玉造教会の敷地内の古い木造の校舎はあくまで仮住まいと考えていたマリー＝クロチルド・リュチニエは、大阪近郊にたびたび足を運んで新校舎を建てるにふさわしい場所を探していたが、ようやく大阪と京都の中間にある香里（現在の大阪府寝屋川市）に理想の地を見出した。京都から大阪にかけて流れる淀川と並行して、その東側に沿うようにして走る私鉄「京阪（けいはん）電鉄」に乗り、当時は屋根もなかった小さな香里駅（昭和十三年に香里園駅に改称）で下車すると、人家のまばらな田んぼが広がっていて、この香里駅からしばらく坂をのぼった丘の上にある、京阪電鉄のグラウンド跡地がその候補地だった。ここが選ばれたのは、湿度の高い日本の気候に悩まされていたフランス人修道女たちが、高台にある乾燥した土地を希望していたからだった（『五十年誌』所収の河野千代「玉造から香里まで」による）。とりわけ西側の眺めがすばらしく、眼下には淀川を見おろし、はるか遠くには神戸の六甲連山まで望むことができた。よりによってその神戸に、あとから赴任してくる英語教師が抑留されることになろうとは、もちろん誰一人として思ってもみないことだった。

新校舎の設計を担当したのは、アメリカ人建築家、アントニン・レーモンドだった。著名なフランク・ロイド・ライトに師事し、帝国ホテルをつくるために大正時代にライトとともに来日して以来、東京女子大学、小林聖心女子学院、聖路加病院などの建物を設計し、戦後も再来日して多くの建物を手がけたから、この聖母女学院の校舎はレーモンド初期の作品ということになる。シンプルながら美しい白亜のアーチが印象的で、本書でも「単純明快な美しさで、なにも余計なものはありませんでしたが、なにも足りないものもありませんでした」（9頁）と書かれているのは、よく特徴をとらえている。ちなみに、このアントニン・レーモンドは、日本の建物を熟知していたことから、太平洋戦争中はアメリカの砂漠に日本の家を再現して焼夷弾の性能を試す実験に協力し、日本に技術的恩恵をもたらす者が同時に日本を破壊する者にもなりうることを、身をもって示してしまうことになる。

香里の地に建築工事がはじまったのは、ヌヴェールの七人の修道女の来日からちょうど十年後の昭和六年（一九三一）三月のことだった。満洲事変が起こる半年前のことである。施工を担当したのは竹中工務店で、第一期の工事は一年たらずで終了し、昭和七年（一九三二）一月、ここに聖母女学院が移転してきた。移転に伴って小学校も開校され、のちに体育館や修道院なども建て増されてゆく。修道院といっても、ほとんど礼拝堂と修道女たちが起居する部屋があるだけの簡素なものだったが、それにしても自分たちの住む修道院よりも学校の校舎を優先するあたりは、さすがは教育などの宣教活動に力を入れる「使徒的」修道会たるにふさわしい。現在は香里ヌヴェール学院小学校・中学校・高等学校となっている。

直接の関係はないが、聖母女学院が香里に移転してきた翌月にあたる昭和七年三月、のちに『1932年の大日本帝国』の作者となるフランス人女性ジャーナリスト、アンドレ・ヴィオリスが取材のために来日した。ヴィオリスはおもに東京で政治家や軍人たちにインタビューをおこなうが、五月には関西方面にも足をのばし、大阪女子師範学校を訪れて女子生徒たちと英語で話をかわしている。聖母女学院は訪れていないようだが、ヴィオリスのスケジュール帳の五月十五日（日曜）の項には、「昼食、イナバタ」としるされているから、前述の稲畑勝太郎または長女きくと昼食をともにしたのではないかと思われる。ちょうどこの日の夕方、東京では五・一五事件が起きて犬養首相が暗殺されることになる。

イギリスでは、おなじ年の四月十二日、二十三歳のメリー・ガートルード・エズミー・グレゴリーが修練女としてヌヴェール愛徳修道会に入会し、「エマニュエル」という修道名を授かった。九月からは、ロンドンとドーヴァー海峡との中間にあるトンブリッジ Tonbridge という村の小さな修道院で修練を積むことになる（本文54頁でも「トンブリッジのささやかな礼拝堂」に帰ったときのことが書かれている）。翌年には、亡きベルナデッタが列聖されて「聖ベルナデッタ」となるが、メリー・グレゴリーがヌヴェール愛徳修道会に入ったのも、列聖を控えてますます名声が高まっていたベルナデッタに憧れたためかもしれない。三年間の修練ののち、昭和十年（一九三五）九月二十四日に晴れて初誓願（有期誓願）を宣立し、正式に修道会に入会して「マリー＝エマニュエル」と呼ばれるようになった。来日の五年前のことである。

来日と神戸での抑留

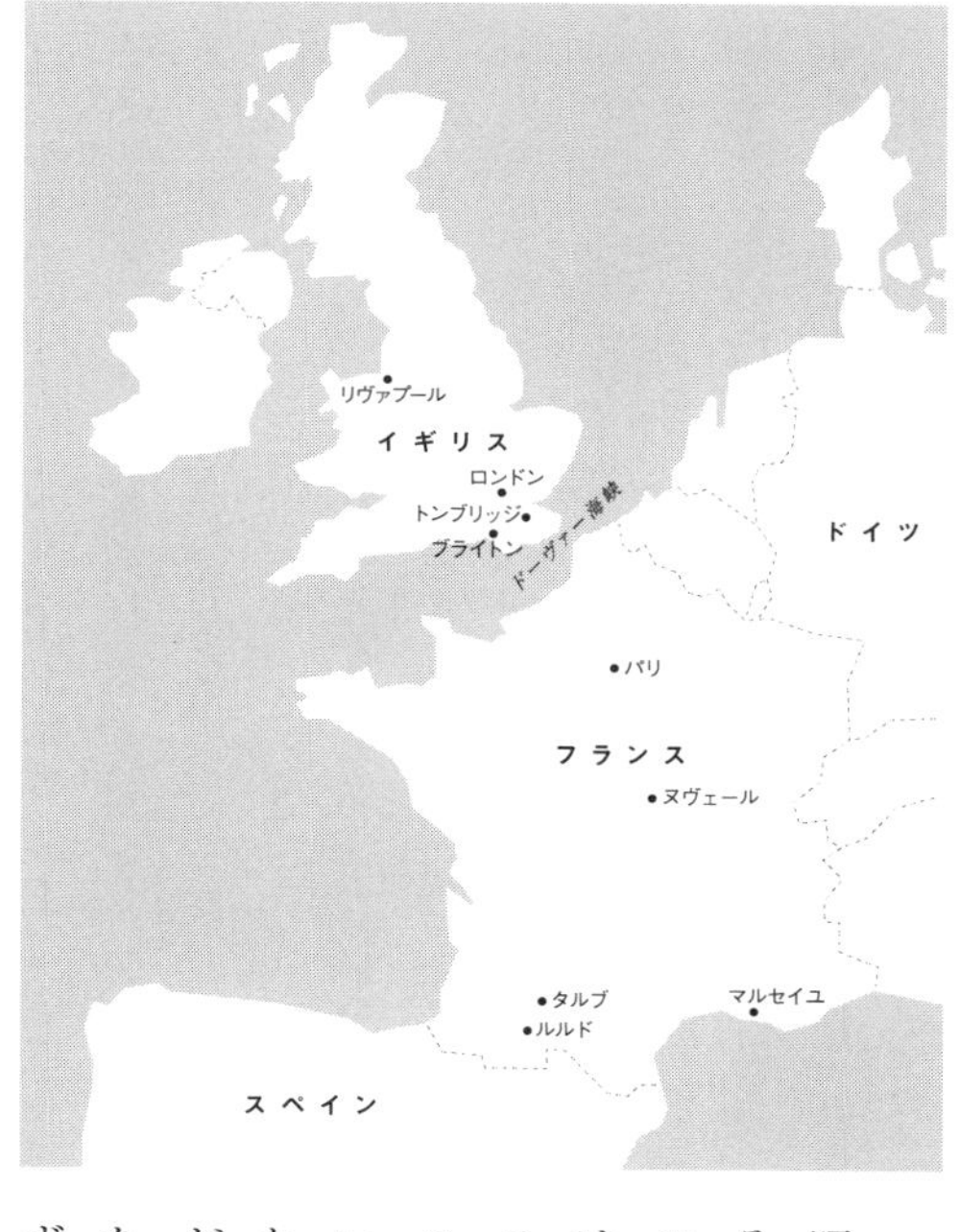

マリー＝エマニュエル修道女が来日したのは、昭和十五年（一九四〇）春のことだった。すでにその前年の九月一日にヒットラーがドイツの東隣のポーランドに侵攻を開始して第二次世界大戦がはじまっていたが、西部戦線、つまりドイツとフランスやイギリスとの間では戦闘がなく、フランス語で「奇妙な戦争」と呼ばれる小康状態がつづいていた。他方、極東では支那事変が長びき、終わりの見えない陰鬱な雰囲気のなかで、アメリカが日本に対して急速に強硬な態度をとるようになっていたものの、まだ日米開戦には至っておらず、日本国内では一応の平和が保たれているよう

にみえた。本文でも「一九四〇年には、まだ日本は戦争になっておりませんでした」と書かれている（11頁）。

その頃、フランス人修道女たちが設立した聖母女学院では、英語を教えられる人材が不足していたことから、イギリス生まれで三十歳になっていたマリー＝エマニュエル修道女に白羽の矢が立った。フランス本部修道院の資料によると、マリー＝エマニュエル修道女は前年にイギリスからフランスのヌヴェールの本部修道院に移っていたようだ。当時、フランスと日本とを結ぶ旅は、地中海からスエズ運河を抜けてインドの南をまわる約五週間の船旅と、シベリア鉄道による約三週間の列車の旅があったが、すでにフランスとドイツの国交は断絶していたから、ドイツを通ってシベリア鉄道に乗り継ぐわけにはゆかず、おそらく大正年間にはじめて来日したヌヴェール愛徳修道会の七人の修道女と同様、南仏マルセイユから乗船したはずである。本書の冒頭によると三月三日に日本に向けて出発し、地中海からインド洋に抜け、まもなく日本軍による進駐がおこなわれようとしていた仏印（仏領印度支那）にも寄港したと思われるが、四十一日間の旅を経て、四月十三日に日本の土を踏んだ。聖母女学院では英語とピアノを教えることになった。

来日して一か月も経たない五月十日、突如としてドイツ軍が西部戦線に矛先を転じると、破竹の勢いで進撃を重ね、五月十五日にはオランダ、二十八日にはベルギーを降伏させ、六月十四日にはパリを占領、二十二日にフランス（のちのヴィシー政権）と休戦協定を結び、七月十日にイギリスへの空襲を開始した。本書に「毎週毎週、いとしいヨーロッパの国々について悲しい知らせがもたらされていました」（11頁）と書かれているのは、これを指す。この間、ドイツの鮮烈な戦果に目がくらんだイタリアが六月十日にイギリスとフランスに宣戦布告したことで、三か月ほど前にマリー＝エマニュエル修道女が通ってきた地中海は、これ以後は民間の船が航行することは不可能になってゆく。

当時の聖母女学院は、生徒数が一学年で百人程度、全校では五百人程度にまで増えていた。本文には『聖母』の子たちはいまや千人を超えている」と書かれているが（10頁）、特別な行事などで過去の卒業生も集まれば千人近くになっただろうから、そうした集まりが念頭にあったのかもしれない。しばらくして墓地を訪れたときには、フランスのヌヴェールから日本にやってきた修道女の墓がすでに三つもあったのを見て、自分も日本に骨を埋める決意を新たにする（9頁）。

この年の九月、プロテスタント系ミッションスクールが加盟する基督教教育同盟会で学校長会議が開かれ、外国人の校長は辞任して日本人に職を譲ることが取り決められたが、それと同時にカトリックでも教区長協議会が開かれ、外国人の司教は（できれば司祭も）辞任して日本人に譲ることが取り決められた。おそらく外国人が日本人に及ぼす影響を排除しようとして、当局から何らかの圧力があったのだと思われるが、この方針を伝えるために、駐日教皇使節パウロ・マレラ大司教の秘書だった田口芳五郎神父が日本全国を駈けまわったという（『宮城県カトリック教会百年のあゆみ』四五頁）。これを受け、この年の秋以降、外国人司教は全員辞任することになり、カスタニエ大阪司教の後任にはこの田口神父が就任した。十一月三十日には聖母女学院のマリー＝クロチルド・リュチニエが校長を辞任し、マリ・ベロニック・古屋修道女に職を譲っているが、それもこうした文脈で理解してよいのだろう（本文11頁では翌昭和十六年六月のこととされているが、なにかのまちがいではないかと思われる）。

昭和十六年（一九四一）になると「未来の不確実さが日ましに高まって」ゆくが、その重苦しい雰囲気は本文からも伝わってくる。この年の九月二十三日、マリー＝エマニュエル修道女が永久誓願（終生誓願）を宣立するが、このときのようすは本文中では触れられておらず、事後的に16頁と46頁で言及されているだけである。

十二月八日、真珠湾攻撃によって日米戦争がはじまった。このときは、大阪府警察部の警察官がやってきて、応接室で「マリー＝ヴェロニック」（校長となっていたマリ・ベロニック・古屋修道女のことだと思われる）に通訳をしてもらって訊問に答え、所持品が検査され、黙想の手帳などが押収された（12頁）。この手帳には、おそらく母国語の英語で、信仰に関する内面的なことがしるされていたはずだが、これは綿密に解読された（15頁）。

この場面もそうだが、本書を読むと、警察官たちは敵国の修道女たちがスパイではないかと本気で疑っていたことがわかる。長崎の抑留所でも、ミサの聖体拝領のときにメモ書きを手渡すのではないかと疑い（26頁）、告解のときも手紙をやり取りしないように見張ったようだ（32頁）。しかし、これは当時の状況を考えれば無理もなかったのかもしれない。大規模な会派になると、日本だけでなく満洲や台湾でもおなじ会の宣教師が活動し、本国からの指令一つで動いたから、部外者にはうかがい知れない秘密めいた教義を信奉する組織と映ったとしても不思議はない。ある英国聖公会の宣教師も「スパイ組織となり得る潜在的可能性は大きかった」と認めているほどだ（レオノラ・エディス・リー「戦中覚え書」一〇八頁）。当時は、宣教師や日本人牧師がじつはスパイだったという筋書きの通俗小説や映画がつくられ、たとえばパイプオルガンに短波発信機を隠して秘密を流す場面がでてくる映画なども上映されたという（同書一三一頁）。開戦直前にゾルゲ事件が起き、大勢のスパイが逮捕されたことも記憶になまなましかったのだろう。現代から見ると、スパイの容疑はたんなる口実で、狙いはキリスト教の弾圧にあったのではないかと思ってしまいがちだが、そうではなく、疑心暗鬼だったせよ、ほんとうにスパイ活動に神経をとがらせていたことがわかる。

真珠湾攻撃の半月後にクリスマスがやってくるが、恒例の真夜中のミサはお預けとなった（本文11頁）。

昭和十七年（一九四二）四月十八日、アメリカ軍のドゥーリトル（当時の表記ではドーリットル）中佐率いる十六機の爆撃機が日本本土に飛来し、東京、名古屋、神戸などに爆弾を落とし、聖母女学院のあった香里でも開戦以来はじめて空襲警報が鳴り響いた。とりわけ一機が東京の国民学校（小学校）を襲い、機銃掃射によって一人の児童が殺害されたことは新聞でも大々的に報じられ、日本中の非難の的となった。それが直接の原因かどうかはわからないが、横浜の成美学園で長らく校長を務め、校長職を日本人に譲ってからも教壇に立ちつづけていたアメリカ人女性宣教師オリーヴ・ハジスは、この空襲の五日後の四月二十三日、「校長が警察本部から呼び出されて」授業禁止を言い渡された（『私たちのハジス先生』五四頁、二三八頁）。本書でも「四月頃」にマリー＝エマニュエル修道女が教壇を去ることになったと書かれているが（13頁）、日付は不明なものの、ハジスとおなじ頃だったのではないだろうか。おそらく、前述の外国人の校長の辞職につづき、校長にかぎらず、外国人（敵国外国人だけなのかどうかは不明）の教師は辞めさせるようにと、当局から通達があったのではないかと思われる。

結局、マリー＝エマニュエル修道女が聖母女学院で教鞭をとったのは、ちょうど二年間だけだった。この頃には、同校の生徒たちは、大阪の枚方（ひらかた）火薬庫などにたびたび勤労動員されるようになったという。

教壇を降りてから五か月後の昭和十七年（一九四二）九月二十三日、マリー＝エマニュエル修道女は敵国外国人として兵庫第二抑留所となった神戸のホテル「イースタン・ロッヂ」に収容されることになった（15

頁）。もともと日本にやってきた欧米人は、海岸のすぐ近くまで丘がせまっているような港が気に入ったようで、長崎もそうだが、横浜、神戸、函館も坂が多い。それに対して、大阪は商業の中心地だったにもかかわらず地形的に低く、港をすぐ近くで見渡せるような丘がなかったことから、神戸が居留地に選ばれたのだろう。イースタン・ロッヂも、神戸港に面する旧居留地の北側に伸びる不動坂をのぼった、見晴らしのよい洋風建築の建ちならぶ北野町（別名「異人館街」）に建っていた（当時の住所で神戸市神戸区北野町一丁目二十四番地、現在は神戸市中央区北野町一丁目一番地八号で、跡地に神戸電子専門学校が建っている）。このホテルのすぐ隣には「ジューコム」と呼ばれるユダヤ人の共同体の拠点があり、また歩いて数分のおなじ町内にはユダヤ教のシナゴーグがあったことから、開戦前、ナチスから逃れるために杉原千畝らに発給してもらった通過ビザを持った数千人のユダヤ人が日本に入国しときは、その多くがこの神戸市北野町に押しよせ、一部はイースタン・ロッヂにも滞在したという（『北野『雑居地』ものがたり』六七頁）。しかし、このユダヤ人難民たちは、まもなく開戦前に最終目的地である中南米の島や上海などにむかい、ほとんどが神戸から姿を消していた。そして開戦後しばらくして、このイースタン・ロッヂが接収され、敵国民間人の抑留所となっていたのだった。木造二階建てだったが、もともと外国人向けのホテルだから設備も洋式で、外国人にとっては生活しやすかったと思われる。

この時期、神戸には四つの抑留所があった。

第一抑留所　カナダ学院（カナダ・メソジスト教会が設立）の寄宿舎

第二抑留所　イースタン・ロッヂ

第三抑留所　バターフィールド＆スワイヤー社（上海に拠点を置くイギリス資本の汽船会社）の社宅

兵庫第二抑留所（イースタン・ロッヂ）よりもやや西寄りから、南に広がる神戸港を撮影した当時の絵葉書

第四抑留所　海員伝道協会（シーメンズ・ミッション・インスティテュート）の建物（のちにチャータード銀行の社宅に移転）

建物などを含む敵国の財産は、戦争中は「敵産」として、政府が指名した管理人によって強制管理されていたが、イースタン・ロッヂは経営者が印度人で、印度はイギリスの植民地だったものの、日本は印度の独立を支援していた関係上、親日家の印度人の財産は敵産管理の対象外とされた。このホテルの支配人シュロフ氏もその一人だったようだ（『昭和十六年中に於ける外事警察概況』三七頁）。

右のうち、第三・第四抑留所は、昭和十七年一月にグアム島から連行されてきた民間人百三十数名を収容するために開設された。英米人の多くは戦争前に引揚船によって帰国していたから、社宅などは空き家のようになっていて、接収しやすかったのではないかと思われる。第二抑留所（イースタン・ロッヂ）はおもに女性が収容されたが、それ以外は男性ばかりだった。

このイースタン・ロッヂで、マリー＝エマニュエル修道女は二年近くをすごすことになる。本文には、神戸での生活は「それほどひどかったわけではなく」、「物質的には不足はなく、かなりの食事も与えられ」たと書かれている（17頁）。身のまわりの「掃除や針仕事」をのぞけば、大変な仕事を押しつけられたりすることはなく、ミサも週一回おこなわれ、最低限の「霊的実践」すなわち宗教生活はつづけることができた。散歩の時間もあり、抑留者どうしでギリシア語、ラテン語、フランス語、英語、日本語などの語学の勉強会を開いたり、「聖心のある修道女に協力」してもらってフランス語の『ドラヴェンヌ師とヌヴェール愛徳修道会』という本を英語に訳し、タイプライターを使って打ち出したりしている。こうした生活をみると、かなり自由時間が多かったようだ。ホテル住まいでもあるし、「軟禁」に近い抑留だったといえるのではないだろうか。

昭和十八年（一九四三）九月、第二回日米交換船が日本を出港することになり、イースタン・ロッヂからも五人の女性が釈放されて交換船に乗り込んだ。本書にも「一緒にいた五人のアメリカ人が交換船で退去しました」（18頁）と書かれている（ただし「外事月報」によると、このうちの四人はアメリカ国籍の宣教師だったが、一人は例外的にイギリス国籍の事務員だったようだ）。日米・日英とも、第一回の交換船は外交官とジャーナリストが優先され、それ以外の民間人はあとまわしにされたから、この第二回日米交換船によってアメリカ国籍の民間人は相当数が帰国できたのに対し、日本とイギリスとの交渉は難航して第二回日英交換船が幻に終わったことから、イギリス国籍の民間人の多くは祖国に帰る途を絶たれ、そのまま日本に抑留されることになった。マリー＝エマニュエル修道女もその一人だったわけである。この年の暮には「収容所での二回目のクリスマス」を迎えることになる（19頁）。

それからまもなく、昭和十九年（一九四四）一月二十日付で、日本各地の抑留所の抑留者名簿が作成された（内務省警保局外事課作成「伊太利人抑留者名簿」）。その「兵庫第二抑留所」のページには、神戸のイースタン・ロッヂに収容されていた抑留者全員の住所、職業、氏名、年齢、性別がしるされている。内訳は、

小林聖心女子学院（聖心会）の修道女十八人
ショファイユの幼きイエズス修道会の修道女七人
ヌヴェール愛徳修道会の修道女一人（すなわちマリー＝エマニュエル修道女）
満洲から集められた宣教師十二人（夫婦四組を含む）と無職二人の計十四人
神戸の貿易商夫婦一組の二人

の合計四十二人となっている。ちょうど学校の一クラスの人数とおなじ程度だったといったら不謹慎だろうか。しかし、管理しやすかったせいか、日本各地の抑留所の収容者数は、四十人前後のところがかなりの割合に達する。

右のうち、小林聖心女子学院を経営する「イエズスの聖心会」と「ショファイユの幼きイエズス修道会」（それぞれ訳注8と9を参照）とは、いずれも本部はフランスにあるが、世界各地に展開していたので、さまざまな国籍の修道女がいた。たとえば前述の「ショファイユ」の七人は全員カナダ人だが、カナダ東部のケベック州のあたりは、もともとフランスが植民した地域だったから、フランス系の修道会も活発に活動しており、こうした修道会に属するイギリス国籍やカナダ国籍の修道女が来日し、学校で英語を教えるなどしていて、戦争が目前にせまっても日本にとどまる道を選び、抑留されたわけである。

ここで最大グループとなっている小林聖心女子学院（聖心会）の修道女は、名簿には十八人と記載されているが、名簿作成よりも前に二人が釈放されたことが確認されるから、当初は二十人抑留されたと考えられ

る。まず一人は、抑留の翌月、アイルランド国籍であることが確認されたために、東京と横浜にいた三人のアイルランド人女性教師と同時に釈放された。アイルランドは第一次世界大戦後に内戦を経てイギリスから独立したから、日本に入国していたアイルランド人のなかには、イギリスのパスポートを所持している者と、アイルランドのパスポートを所持している者がいた。第二次世界大戦ではアイルランドは中立国となり、国民のほとんどがカトリックだったことから、カトリックを敵にまわさないようにという政治的配慮も働いて釈放する運びとなったが、イギリスのパスポートを所持している者についてはアイルランド国民であることを確認する手段がないので引きつづき抑留し、アイルランドのパスポートを所持している者だけが審議の上で釈放されることになったのだという（「外事月報」昭和十七年十月分）。その後、昭和十八年十二月、もう一人の小林聖心の修道女が病気のために釈放され（同昭和十八年十二月分）、名簿作成当時は十八名となっていたのだった。

この小林聖心、ショファイユ、それにマリー＝エマニュエル修道女を合わせると、名簿作成時点で二十六人がカトリック修道女であり、抑留所全体の六割強にあたる。

それに対し、満洲（その半数以上が奉天）から集められた十二人の宣教師と二人の無職の者は、全員イギリス国籍で、第二回日英交換船に乗るために神戸に集められていたが、この交換船が実現しなかったことから、そのまま神戸で抑留されたのだった。この人々もマリー＝エマニュエル修道女と一緒に長崎に移送され、終戦まで生活をともにすることになる（本書16頁参照）。なお、本書ではプロテスタントのことは書かれているのに、英国国教会についてはまったく言及されていない。これは、カトリックだったマリー＝エマニュエル修道女から見れば、英国国教会もプロテスタントに含められていたからだと思われる。当時の日本の内務省の資料でも、英国国教会は「英米系プロテスタント」に含められており、抑留者名簿の職業欄に「宣教師」と書かれているのは、おおむねプロテスタントを指し、その多くが英国国教会に属していたようだ。カトリックの聖職者は独身が義務づけられているが、プロテスタントや英国国教会の聖職者は結婚することができるので、上の名簿でも妻と一緒に抑留されていた「宣教師」が四人いる。

この四人の宣教師のほかに、神戸在住の貿易商（他の名簿では機械技師と書かれている）も妻と一緒に抑留されている。男性はこの五人の妻帯者だけで、残りの三十七人が女性である。

この神戸の名簿のほかに、のちに移転する長崎でも終戦直後に二つの名簿が作成され、合計三つの名簿がつくられることになる。

名簿1（神戸）　昭和十九年（一九四四）一月二十日付
名簿2（長崎）　昭和二十年（一九四五）八月三十一日付
名簿3（長崎）　昭和二十年（一九四五）九月一日付

この三つの名簿を突き合わせ、神戸と長崎の二つの抑留所に集められていた抑留者の氏名を表にしておこう。顔ぶれはほとんど変わっていない。この表にまとめた四十六人のうち、最後の二人は長崎で合流することになるから、神戸にいにいたのは四十四人で、そのうちの二人が釈放され、名簿1の作成時には四十二人となっていたわけである。このほかに、前述のように名簿作成以前に第二次日米交換船で女性五人が帰国したが、この表には含めていない。

名簿に記載されている国籍について触れておくと、圧倒的に多いのはイギリス国籍だが、イギリスは一時は世界中に植民地を有していたから、イギリス連邦の一部であるアイルランド、オーストラリア、ニュー

No.	性別	所属・職業	国籍	氏　名	神戸	長崎		備　考
					名簿1 (1944/1/20)	名簿2 (1945/8/31)	名簿3 (1945/9/1)	
28	女	ヌヴェール	英	メリー・ガトルド・グレゴリー	4	16	26	マリー=エマニュエル修道女
29	女	無職	英	エカテリーナ・ワットソン	14	30	11	満洲国ハルビンから
30	女	無職	英	イレン・ワットソン	15	31	12	満洲国ハルビンから
31	男	宣教師	英	アーサー・オリバー	16	25	3	満洲国奉天から
32	女	宣教師	英	アグネス・オリバー	17	26	4	満洲国奉天から
33	男	宣教師	英	ジョン・ドワード	18	11	5	満洲国奉天から
34	女	宣教師	英	ジョゼフィン・ドワード	19	12	6	満洲国奉天から
35	男	宣教師	英	トーマス・バーカー	20	4	1	満洲国奉天から
36	女	宣教師	英	アン・バーカー	21	5	2	満洲国奉天から
37	男	宣教師	英	ローレンス・ウエターバン	23	28	9	満洲国浜江省から
38	女	宣教師	英	エセル・ウエターバン	24	29	10	満洲国浜江省から
39	女	宣教師	英	カロリン・ブリクストン	25	6	13	満洲国熱河省から
40	女	宣教師	英	マーガレットマックコンブ	26	24	15	満洲国浜江省から
41	女	宣教師	英	ドロシー・クロフラード	27	9	16	満洲国奉天省から
42	女	宣教師	英	エリザベス・マックグレゴアー	22	23	14	満洲国奉天から
43	男	貿易商	英	チャールス・バルバリー・キネス	42	20	7	または機械技師
44	女	妻	英	ミンテ・エミリー・キネス	3	21	8	
45	男	教師	英	トレバー・ジョーンズ	なし	18	17	早大講師、埼玉抑留所から合流
46	女	妻	英	エンマ・ジョーンズ	なし	19	18	埼玉抑留所から合流

国籍欄の加（加奈陀）はカナダ、新（新西蘭）はニュージーランド、愛（愛蘭土）はアイルランド、白（白耳義）はベルギー。

「名簿1」～「名簿3」の下にならぶ数字は当該名簿での通し番号（でてくる順）を示す。

修道女は戸籍名と修道名が異なるので特定しにくい場合があり、No.21は名簿1の「ソール・スラニスラス」と名簿2と3の「マリー・エメ・シュイナール」が同一人物だという推定（消去法）による。

カタカナ表記は名簿記載のものを採用した。

名簿1＝内務省警保局外事課「昭和十九年一月二十日現在　伊太利人抑留者名簿」（外交史料館蔵）、名簿2＝内務省「LIST OF INTERNEE」（国立公文書館蔵）、名簿3＝内務省「昭和二十年九月一日抑留者名簿」（同）。この3つの名簿に加え、高木一雄『大正・昭和カトリック教会史』、Roger Mansell,《Nagasaki Civilian Internment Camp》内の情報を参照して作成。

No.	性別	所属・職業	国籍	氏　名	神戸 名簿1（1944/1/20）	長崎 名簿2（1945/8/31）	長崎 名簿3（1945/9/1）	備　考
1	女	小林聖心	米	アリス・アッキンソン	1	1	37	
2	女	小林聖心	米	ルギー・ギブス	2	なし	なし	1944/4/15 釈放（帰化）
3	女	小林聖心	英	メリー・マーシャル	5	22	36	
4	女	小林聖心	新/英	カーメラ・ブスティル	6	2	40	
5	女	小林聖心	新/英	グラシア・ボルジ	7	7	29	
6	女	小林聖心	新/英	ポーラ・フェリッチ	8	14	30	
7	女	小林聖心	英	ジョゼフィーナ・フェニック	9	15	27	
8	女	小林聖心	加/英	ネリー・ラフリン	10	33	31	
9	女	小林聖心	英	マーガレット・ライアン	11	なし	なし	長崎で釈放（日付・理由不明）
10	女	小林聖心	英	ジョセフィーナ・トナ	12	27	33	
11	女	小林聖心	新/英	カーメラ・グレッグ	13	17	41	
12	女	小林聖心	加	レジナ・マッケンナ	35	34	35	
13	女	小林聖心	濠/新/英	キャサリン・ホラント	36	39	32	
14	女	小林聖心	濠	アデレイド・レオナルド	37	なし	なし	1944/4/15 釈放（老齢病弱）
15	女	小林聖心	新	ベルナディン・ゴールター	38	38	38	
16	女	小林聖心	新/英	フランシス・フリン	39	13	28	
17	女	小林聖心	新	エリザベス・エレン・スプロール	40	40	39	
18	女	小林聖心	白	アンナ・ギースン	41	41	34	
19	女	小林聖心	愛	エヴァ・フレンチ	なし	なし	なし	1942/10/3 釈放（アイルランド国籍確認）
20	女	小林聖心	加	ケイト・マクファーレン	なし	なし	なし	1943/12 釈放（病気）、1944/12/21 死亡
21	女	ショファイユ	加/英/愛	ソール・スタニスラス	28	8？	19？	
22	女	ショファイユ	加	マリー・アンナ・ベルベ	29	32	23	
23	女	ショファイユ	加/英/愛	カミーユ・ブーシェ	30	3	20	
24	女	ショファイユ	加/英/愛	アイダ・デスチェネス	31	10	21	
25	女	ショファイユ	加	テイ・セントピエール	32	36	24	
26	女	ショファイユ	加	マリー・セシル・レイモンド	33	37	25	
27	女	ショファイユ	加	マリー・モラン（モーリン）	34	35	22	

ジーランド、カナダをイギリスに含めるかどうかは名簿によって扱いが異なり、また混乱や錯誤もあったようで、同一人物なのに国籍が喰い違っている場合がある。アメリカ人が二人しかいないのは、交換船もさることながら、前述のように戦争前の引き揚げ勧告に応じて、メソジストをはじめとするプロテスタント宣教師の多くがアメリカに帰国していたことが大きい。

神戸で名簿が作成されてから三か月後の四月十五日、小林聖心女子学院の二人が抑留を解除された。一人はアメリカ国籍を抜いて日本に帰化したため、もう一人はオーストラリア人で老齢病弱のためだった（「外事月報」昭和十九年五月分）。これで、この抑留所の外国人は四十人となった。

その後、神戸への空襲の懸念が強まったことから、神戸に四か所あった抑留所はすべて閉鎖されることになり、第一・第三・第四抑留所は、神戸の市街地からは相当離れた裏山の再度山（ふたたびさん）の林間学校に移転し、第二抑留所の四十人は長崎に移転することになった。それと入れ替わりに、長崎の抑留所にいた十五人の男性は神戸の再度山に連れてこられることになった。神戸と長崎で、女性を中心とする四十人のグループと十五人の男性グループとが入れ替わったのは、妻帯者はしかたないとして、なるべく男性は男性専用、女性は女性専用の抑留所にまとめるという意図によるものだったと思われる。こうして、再度山の施設には男性ばかり百七十四人が詰めこまれて抑留されることになった。

ここで、マリー＝エマニュエル修道女が去ったあとの神戸の状況についてしるしておこう。神戸は軍需工場や造船所があったため、数度にわたって徹底的な空襲を受け、とりわけ昭和二十年三月十七日と六月五日の空襲が激しかった。三月十七日の空襲に関しては、再度山に収容されていた後述のモンフェット神父が短い回想を残している。それによると、朝七時に百十一機のB29が襲来したので、ミサを中断して山の稜線に生えている松のほうを眺めていると、「午前八時、火に包まれた街の建物からの煙によって空が暗くなり、まぶしかった太陽は血のように赤い月の姿に変わり、暗雲ごしに見える程度に」なるという「終末論的な光景」が現出した（*Missions des Franciscains* 誌一九八二年夏号）。六月五日の空襲では、イースタン・ロッヂのあった山手地区も空襲に遭い、ショファイユの幼きイエズス修道会の聖マリア修道院も全焼して日本人修道女が防空壕で焼死体で見つかり、聖マリア女学校も損傷を受けたという。

本書のなかで、マリー＝エマニュエル修道女は、長崎に移されると聞いて最初は不安だったけれども、逆にそのまま神戸に残っていたら空襲に遭っていたはずだから、すべてを神の御心にゆだね、運命に従って長崎に来て正解だった、といった意味のことを述べている（23頁）。しかし、実際には、抑留所は神戸郊外の再度山に移っていて空襲の被害はなかったから、仮に神戸に残っていたとしても無事だったはずである。しかし、おそらくマリー＝エマニュエル修道女は再度山がどこにあるのか知らなかったし、のちに神戸が空襲で壊滅的な被害を受けたことを教えられ、心を痛めていたようだ（31頁）。

それに、長崎への移転を聞かされて不安を抱いたのも、もっともだった。移転する半月前の昭和十九年六月十六日、九州の北端、北九州市の八幡（やはた）製鉄所の近辺を狙って空襲がおこなわれ、これが本格的な本土空襲の皮きりとなったからだ。あのドゥーリトル空襲から二年ぶりのことで、新聞の号外もでたことから、一般の日本人も危機感を抱かされたようだ（伊藤整『太平洋戦争日記』）。神戸にいた外国人の抑留者たちも、噂などで小耳にはさんでいたのかもしれない。あるいは虫の知らせだったのだろうか。

神戸の第二抑留所の四十人が長崎にむけて出発したのは、終戦まであと一年あまりとなった昭和十九年

（一九四四）七月一日の夕方のことだった。マリー＝エマニュエル修道女も、混雑する汽車に揺られて一夜をすごし、煤（すす）でまっ黒になりながら長崎駅に到着した。前述のフォルカード神父が長崎港にやってきてから九十八年後のことである。

長崎にて

長崎は、いうまでもなく日本のキリスト教にとって、また外国との接点として、特別に重要な地であった。西洋の大航海時代と重なった日本の戦国時代に、フランシスコ・ザビエルをはじめとするイエズス会宣教師がやってきて多くのカトリック信者が生まれ、弾圧を受けながらも隠れキリシタンとして信仰が守られた地であり、同時に、宣教師たちがお先棒を担ぐこともあったポルトガルやスペインの世界制覇の野望をくい止めるためのいわば防波堤として、出島が築かれた地でもある。幕末になり、欧米による植民地化というさらに大きな荒波には抗しきれずに、アメリカのペリー率いる黒船に屈して不平等条約を結ばされると、横浜や神戸とならんで、長崎にも出島の南側に外国人居留地という名の小さな植民地が設けられ、そこに建てられた大浦天主堂にいたフランス人プティジャン神父の前に隠れキリシタンが現れて信仰を告白するという感動的なエピソードの舞台ともなった。そして二十世紀前半、太平洋に未曾有の暴風雨が吹き荒れ、日本とアメリカが正面からぶつかったとき、偶然というべきか必然というべきか、広島につづいて原爆投下の地に選ばれたのが、またしてもここ長崎なのであった。こうしてみると、十六、十九、二十世紀と、三度にわたって攻防が繰り広げられた欧米とのせめぎ合いの、その最終到達点が長崎の原爆だったとみることもできるかもしれない。広島のほうが原爆の代名詞となっている観があるが、永井隆が『亡びぬものを』の「灰」の章で述べているように、時系列でみれば広島は「コンマ」で長崎が「ピリオド」だったともいえる。

ただし、マリー＝エマニュエル修道女は、こうした長崎の歴史的意義にはあまり気がついていなかったようで、長崎への移転を叙述する際には、たんに「日本屈指の要塞化された街」（23頁）だったとしか書いていない。たしかに長崎は、日清・日露戦争の頃に海岸沿いに砲台が築かれ、明治三十二年（一八九九）の「要塞地帯法」によって「要塞地帯」に指定されていた。だから、「要塞司令官」の許可を得ずに写真撮影、測量、建造物の新築、土地の改変などをおこなうことは固く禁じられ、うっかり長崎で写真でも撮ればスパイの容疑をかけられ、厳しい詮議を受けた。また、長崎港には軍艦を建造する三菱造船所が存在したから、軍事的にも重視され、この造船所で戦艦武蔵がつくられたときも周辺住民に知られないように大がかりな囲いをして極秘裏に進められた。とはいえ「長崎要塞」を構成する砲台は、敵の軍艦を迎え撃つことを想定した時代遅れのものだったから、飛行機に対しては何の役にも立たず、むしろ長崎市街を見おろす山頂に据えつけられた高射砲のほうが、多少なりとも空襲に対しては威力を発揮した。もちろん、原爆に対してはまったく無力だったけれども……。

ここで、マリー＝エマニュエル修道女たちが移送されてくる前の長崎の抑留状況を確認しておこう。

真珠湾攻撃の翌日、長崎で抑留所に指定されたのは、フランスのマリア会（東京の暁星や長崎の海星などの学校の母体となった男子修道会）が明治四十三年（一九一〇）に長崎の浦上（うらかみ）地区に設立した聖マリア学院だっ

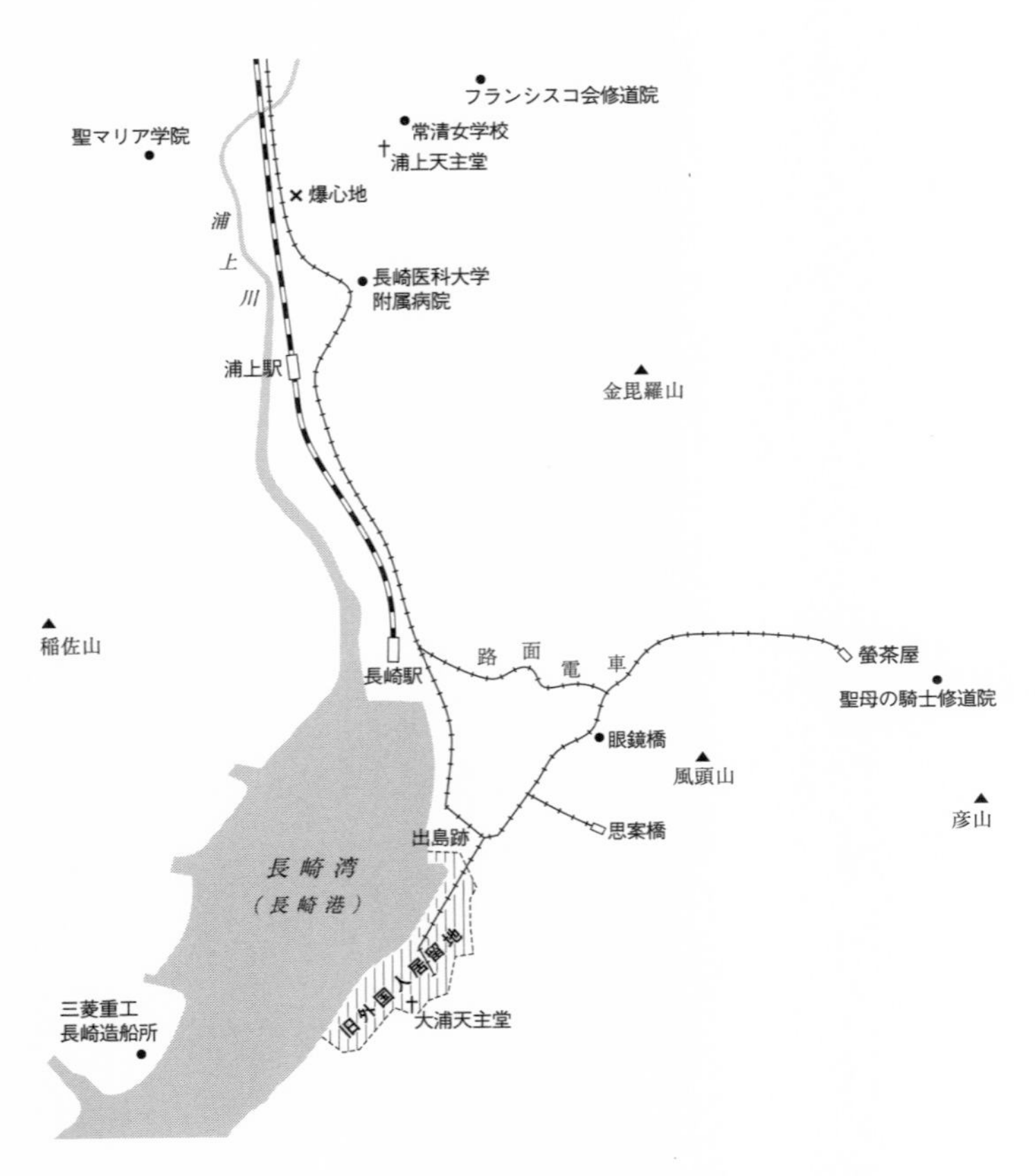

た。ここには当初、男女あわせて二十一人の外国人が収容されたが、しばらくして女性は東京の抑留所に移され、男性ばかり十五人が残ることになった。その後、ここを三菱造船所の職員宿舎にすることになり、三菱本社とマリア会との間で売買契約が成立し、聖マリア学院は閉鎖されることになった（「外事月報」昭和十八年三月分）。聖マリア学院は原爆の爆心地のすぐ近くに建っていたから、もしずっとここが抑留所となっていたら、まちがいなく抑留者たちは全員被爆して死亡していたはずである。

この聖マリア学院の代わりとなる抑留施設を当局が探していたところ、聖母の騎士修道院が「快

旧外国人居留地に建つ大浦天主堂を写した戦前の絵葉書。小さな字で「長崎要塞司令部検閲済」と書かれている。この大浦天主堂は原爆で被害を受けたが、修復された。

諾」したことから、この修道院の隣にあった小神学校が新たに接収されて抑留所となり、昭和十八年（一九四三）三月四日、ここに男性十五人が移転してきた。このなかには、フランシスコ会カナダ管区のフランス系カナダ人三人も含まれていた（本文24頁と訳注24参照）。この三人のうちの一人で、同会の長崎修道院の院長だったプリュダン・モンフェット（プルダン・モンフェトとも表記される）神父は、戦後かなり経ってから当時のことを回想しており、そのなかで、聖母の騎士小神学校に移されたときは抑留者代表を務めていて、警備責任者と喧嘩したことで「かなり不快な」生活を強いられたと述べている（*Missions des Franciscains* 誌二〇一二年八月号）。本書で紹介されている「修道女のみなさん、詐欺師と悪党の巣に落ちてしまいましたね」という手紙（25頁）を書き置きしたのはモンフェット神父だったのか、他の二人の修道士だったのかはわからないが、こうした手紙を書いたくらいだから、相当頭にきていたようだ。この十五人の抑留者は、前述のように、昭和十九年（一九四四）七月一日、マリー＝エマニュエル修道

原爆投下前の長崎駅（長崎市『長崎原爆戦災誌第三巻』より）

女らが神戸から移ってくるのと入れ替わりに、神戸の再度山（ふたたびさん）の抑留所に移された。

聖母の騎士修道院は、長崎駅の真東にあたる路面電車の終点「螢茶屋」駅から歩いてすぐの、彦山（ひこさん）のふもとの北側斜面に建っている。設立したのは、昭和五年（一九三〇）に来日した「コンベンツアル聖フランシスコ修道会」のポーランド人、マクシミリアン・コルベ神父らだった。ちなみに、ポーランドは国民のほとんどがカトリック教徒で、戦後人気のあった法王ヨハネ・パウロ二世もポーランド人である。コルベ神父らの所属する「コンベンツアル聖フランシスコ修道会」というのは、アッシジの聖フランチェスコを創立者と仰いではいるものの、前段落で触れた主流派のフランシスコ会とは系統が異なる。「コンベンツアル」というように大きな「ア」にするのは旧かなづかいの名残り（新かなづかいなら小さな「ァ」となるはず）で、英語のconventual（コンヴェンチュアル）に相当する。「修道院」を意味するconvent

膝まづく少女ベルナデッタ（左下）への聖母マリア（中央）の出現を描いた、代表的な構図の昔のプレート。ルルドの聖母は、このように合掌した姿で描かれる。

（コンヴェント）の形容詞だから、アッシジの聖フランチェスコのように托鉢してまわるのではなく、「修道院に定住する」人々という意味だと解釈することもできるかもしれない。共同生活の重視と聖母マリアへの信仰がこの修道会の特徴だとされている。

　コルベ神父が長崎のなかでも市街地からは離れた山あいを選んだのは、長崎の水源地の一つである本河内（ほんこうち）貯水池を見おろせることからもわかるように、泉が湧くほど清水に恵まれていて、洞窟を思わせる岩場もあり、ルルドの像を安置するのにふさわしいと思われたからだった。コルベ神父がポーランドに帰国したのち、小神学校の運動場に石垣を築くことになり、その採石跡がルルドの洞窟として整備された。こうして、マリー＝エマニュエル修道女らがやってくる以前に、ヌヴェール愛徳修道会の象徴ともいうべき像が長崎のこの地に据えられることになった。ちなみに、帰国したコルベ神父は、第二次世界大戦がはじまると逮捕されてアウシュヴィッツ収容所に送られ、そこで他の囚人の身代わりとなって昭和十六年

（一九四一）に逝去し、それから四十年あまりを経て同国人の法王ヨハネ・パウロ二世によって列聖されて「アウシュヴィッツの聖者」と呼ばれることになる。本書にはコルベ神父のことはでてこないが、ルルドの洞窟に安置された聖母像と聖ベルナデッタ像は、マリー＝エマニュエル修道女を喜ばせ、苦難の時期にあって精神的な支えとなった。

聖母の騎士修道院の隣には小神学校が併設されていた。「小神学校」は現在の中学・高校に相当し、「大神学校」は大学に相当する。もともと神学校とは司祭を養成するための学校のことで、カトリックで司祭になれるのは男性だけだから、要するに男子校である。この小神学校は昭和十一年（一九三六）に開校し、徐々に生徒数が増えて八十人ほどに達したことから、昭和十四年（一九三九）に木造二階建ての新校舎が建てられた。だから、修道女たちがやってきたときは、まだ築五年の新しい建物だった。この校舎を抑留所に転用するにあたっては、急遽、改築工事がおこなわれ、調理のための台所がつくられ（34頁）、敷地を囲うように板塀が建てられた。抑留者が移動してくるのに伴い、小神学校は閉鎖され、通っていた生徒たちはおなじカトリック系の長崎東陵中学に編入したが、なかには小神学校の旧校舎に移った生徒もいたようだ。いずれにせよ、戦争も後半になると学徒動員がおこなわれ、学年が上の者たちは「戦争に駆りだされ」、学年が下の者たちは「工場で日々働」（本書23頁）くようになっていたから、授業どころではなくなっていた。現在、この小神学校は聖母の騎士高等学校となっている。

神戸から長崎に移ってきた四十名の外国人のなかには、前述のように五組の夫婦がいた。日本では、風

抑留所となった聖母の騎士修道院の小神学校（『コンベンツアル・フランシスコ会来日50年の歩み』より）。原爆で窓ガラスはすべて割れ、天井が浮かびあがることになる。

紀上の理由と管理しやすさから、昭和十七年（一九四二）秋以降、原則として抑留者は男女別々の抑留所に集められるようになったが、家族の抑留者は一緒にしてほしいというアメリカ政府からの要望に配慮し、たまたま五組の夫婦がいた長崎の抑留所が「家族抑留所」に指定された。その結果、男性専用の埼玉抑留所（浦和の聖フランシスコ修道院）と女性専用となっていた東京抑留所（田園調布の菫（すみれ）家政女学院）に別々に抑留されていたイギリス人トレヴァー・ジョーンズ夫妻も長崎に移されてくることになり、この夫婦が加わったことで、抑留者は合計四十二人となった。女性が三十六人で、男性六人はすべて妻帯者である。本書でも「四十人ほどの収容者」という言葉がでてくる（34頁）。ちなみに、このトレヴァー・ジョーンズ夫婦を埼玉から長崎まで護送した埼玉抑留所長の竹沢正義氏の回想によると、戦後、氏が三菱の丸ビルで事務所を借りようとして話が難航していたときに、たまたま三菱商事の顧問をしていたトレヴァー・ジョーンズが、抑留中に世話になったお礼に、口添えをして便宜を図ってくれたという。

長崎の抑留所の所長を務めていたのは、『長崎県警察史下巻』九〇九頁によると、長崎県警察部（いまの長崎県警に相当）の外事警察課（略して外事課）の課僚警部、小山友一氏だった。「課僚」とは、「課長」ではない「平（ひら）」という意味である。同氏の回想によると、「この警備のため警察官四名（巡査部長二・巡査二）が一日交替で常勤」していたというが、警察の指揮系統は、上から

警部　警部補　巡査部長　巡査

の順だから、おそらく現場は巡査部長と巡査の四人に任せ、自身は常勤せずに県庁に勤務していたのではないかと思われる。ただし、同書六六〇頁には、所長のほかに「外事課三名の警察官が専従の警備員として配置された」と書かれており、所長プラス三人の計四人となっていて、矛盾しているが、こちらは戦争初期の聖マリア学院の頃の話とも読めるので、おそらくマリー＝エマニュエル修道女ら四十名が移ってきて以降は、所長プラス常勤四人の態勢だったのではないだろうか。本書25頁にも「四人の警備係」という言葉がでてくる。このほかに、「抑留者の炊事、食糧運搬、雑務のため」に四人の「傭人（ようにん）」つまり使用人が雇われていたという。

この抑留所の四人の警察官は、どのような態度で抑留者に接したのだろうか。一般に、抑留所での待遇は、警察官の人柄や人格によって左右される部分が大きかった。なかには、広島県三次（みよし）の抑留所の警察官のように、内務省の規則を破ってまでも親切に振るまい、自腹を切って世話を焼いて慕われ、戦後になって複数の元抑留者が訪ねてきて恩返しをされた警察官もいた（和田勝恵「三次にあった敵国人抑留所」）。しかし逆

に、名古屋の天白寮の抑留所の警察官のように、高圧的な態度で臨み、抑留者に渡すべき配給を着服して私腹をこやして恨みを買いながら、敗戦後は一転して卑屈になって米軍の援助物資を恵んでもらえないかと頼み込み、もう二度と姿を見せないでくれと邪険に扱われた警察官もいた（フォスコ・マライーニ『随筆日本』六八四頁）。両者の違いが鮮明になるのは、権力による服従関係が解消される敗戦後のことで、そのときに抑留者から感謝されるのか、嫌われるのかによって判断できる。長崎の警察官たちの場合は、どうだったのだろう。『長崎県警察史下巻』六六二頁に収められた抑留所長の回想によると、抑留者は抑留中も全員「感謝」していて、帰国の際にも「謝意を述べて立ち去った」という。しかし、辞去するときには口先だけでも感謝の言葉を口にするのが西洋人のマナーだし、多分に皮肉が込められていた可能性も否定できない。一般に、戦前の日本人は外国人の言葉を真に受け、皮肉は通じなかったふしがあるからだ。本書を読むと、前述のように現場の四人の警察官はフランシスコ会カナダ管区の修道士から「悪党」呼ばわりされているくらいだし、マリー＝エマニュエル修道女も好意的に描いているとはいいがたいから、あまり人徳はなかったのかもしれない。

食事に関してはどうだったのだろう。聖母の騎士小神学校に十五人の外国人男性が移ってきたのは昭和十八年（一九四三）三月のことで、神戸から四十人の外国人が移ってきたのは昭和十九年（一九四四）七月のことだった。すでに多くの食糧品が配給制となって久しく、その量も少なくなっていた時期にあたる。日本人だけでなく外国人も配給制の対象となったが、戦争初期はむしろ外国人の方が配給量が多かったようだ。たとえば、前出の横浜のオリーヴ・ハジスによると、抑留される前の話として、市役所に在住許可証を

以上の警察官５人と使用人３人をのぞくと 51 人となり、40 ～ 42 人のはずの抑留者数よりも８～ 10 人多いが、これは面会に来た外国人女性たちが一緒に写真に収まったことによるものか。

カトリック修道女は全員それぞれの会の修道服を着用しており、白い頭巾が胸まで広がる修道服（１列目右端など）を着ているのはショファイユの幼きイエズス修道会の修道女で、７人いる。１列目から３列目に多数みられる黒づくめの修道服を着ているのは小林（おばやし）聖心女子学院の修道女で、19 人いるようにみえる（同会で抑留されていたのは 18 人のはずなので１人多いのは不明）。マリー＝エマニュエル修道女は、服装からして、３列目の右から（右端に立つ男性をのぞいて）３人目のはずである。その他の私服姿の女性は、プロテスタントの女性宣教師（およびおそらく面会にきた女性たち）かと思われる。

長崎の抑留所で撮影したとされる集合写真（Richard Leclerc, *Des lys à l'ombre du mont Fuji* から転載）。

ここには 59 人が写っている。1 列目中央に座っている背広の男性は、おそらく抑留所長。写真の両端に、抑留者たちの脇を固めるように写っているのは、おそらく警備担当の警察官（私服）で、向かって右端に立つネクタイの男性と、その斜め左上に立っている 4 列目右端の開襟シャツの男性、また向かって左側では 2 列目左端の開襟シャツの男性とその後ろに立っている 3 列目左端のネクタイの男性が警察官か。1 列目左端には着物姿の女性が座っているが、この女性とその背後（2 列目の左から 2 人目）の男性、さらにその背後（3 列目の左から 2 人目）の女性（やはり着物）は雇われた使用人かと思われる（使用人は全部で 4 人いたから、残る 1 人がシャッターを押しているのだろうか）。

持ってゆけば、外国人には特別に毎月一人あたり砂糖一ポンドと肉一ポンドが上乗せして支給されたという。ただ、こうした措置は戦争初期の頃だけだった可能性があり、神戸のレオノラ・エディス・リーによると、最初のうちは日本人よりも多く食糧が配給されたが、交換船が出てからは日本人と同じ量に減ったという（「戦中覚え書」一二〇頁）。また、埼玉抑留所長の竹沢正義氏によると、抑留者は軍人に準じる扱いを受け、一般の日本人の米の配給量（一人一日あたり二合三勺）の倍の量（四合六勺）が配給されたから、抑留された外国人は食糧が倍になったといって喜び、かえって日本人の羨望や怨嗟の的になったという。長崎でも、抑留所に運び込まれる食糧は羨望のまなざしで見られていたらしく、長崎師範学校の教官をしていた岡山直史氏は次のように手記にしるしている。

「長崎市の東端、高くそびえる彦山の山腹に、ポーランド人の修道院がある。ここは男子だけの修道院で、見事なあごひげの修道士たちが、黒衣の上から太い麻縄の腰ひもを垂れた特異な風体で、山畑に麦を植え、牛やにわとりを飼い、勤労と祈りの静かな生活を送っていた。

そこが、いつのまにか、どこからともなく送られてきた外人たちの、抑留所となっていた。毎日、彼らのために、多量の肉や、牛乳が運びこまれていた。流石に温良従順な長崎市民も、乏しい配給に痩せ細っている眼の前に敵国人の豊かな食糧を見ては、次第に険悪な不平をならしはじめないではいなかった。」（『長崎原爆戦災誌第三巻』二八五頁で引用されている長師被爆三十周年祈念誌『原爆記』に掲載された手記）

これがマリー＝エマニュエル修道女たちが移ってくる以前の話なのか以後の話なのかはわからないが、いずれにせよ問題なのは、こうした食糧がすべて実際に外国人に渡ったのかどうかという点である。抑留所によっては、現場の警察官が横領する場合もあったからだ。たとえば、名古屋の天白寮の抑留所や、神奈川の山北（内山）の抑留所では、その疑いが指摘されている。埼玉抑留所でも、元抑留所長の証言によると、前述のように日本人の倍の食糧が配給されていたはずなのだが、しかしカトリック司祭の志村辰弥氏によると、戦後になって埼玉抑留所の警官が訪ねてきて配給品をごまかしていた事実を打ち明けられ、GHQに報告しないでくれと懇願されたという（『教会秘話』六七頁）。たとえ抑留所長が品行方正だったとしても、現場の警官がごまかしていたのでは、食糧は行き渡らない。

長崎の抑留所では、不正はなかったのだろうか。『長崎県警察史下巻』に掲載されている戦後の警察官の証言では、そうしたことにはまったく触れられていない。それどころか、「敵の外人に与える食物はない」と断わられることが多くて食糧調達は困難を極めたにもかかわらず、抑留者に牛乳を与えようとして苦労したという話が掲載されている。

「ここの抑留所で、特筆せねばならぬ事実は、抑留所構内で乳牛を飼育した事である。すなわち、同所に勤務する三人の日本人傭人中、経験者に乳牛三頭を飼育させ、当時一般日本人の場合、病人においてすら容易に入手できなかった牛乳を与えたことである。その飼料は、警備の警察官が遠く島原・南高来（き）郡方面に乾草（ほし）の買出しを行い、全員協力して抑留者に対する積極的な好意を最後まで継続したのである。」（『長崎県警察史下巻』六六二頁）

しかし、本書を読むと、実際には最初はまったく牛乳は与えられず、「たび重なる抗議の結果、ようやく毎日コップ半分の牛乳がもらえるようになりました」（29頁）と書かれている。さらに、小宮まゆみ氏の聞き取り調査によると、抑留所の隣の修道院にいた日本人修道士は、「肉の配給などがあったが、警察官が隠して横取りしてしまうこともあった」ようだと語ったという（『敵国人抑留』一一二頁）。やはり長崎でも警察官による抑留者向けの食糧の横領があった可能性は否定できない気がする。

それに加えて、当時は配給だけでは確実に栄養失調になったから、表向きは禁止されていたものの、誰もが近郊の農家に直接買い出しにでかけたり、こっそり家の裏口に高値で売りにくる者から購入するなどして、「闇」で食糧を調達していたという事情がある。しかし、監視された抑留所だと、それができないから、家族・知人や近所の人からの差し入れに頼るか、赤十字からの救恤品を待つしかなかった。本書では、赤十字からの小包についても二回ほど言及されているが（19・28頁）、むしろ隣の修道院にいた修道士が「パン、ビスケット、さらには果物」を差し入れてくれたことで大いに助けられたと書かれている（30頁）。それでも、食糧不足は深刻だった。

抑留所での食糧の調理形態は、二通りあった。一つは、日本人とおなじ配給という形で人数分の食糧を受けとり、それを抑留者たち自身で自炊する場合。もう一つは、県の警察部が料理人を雇い、調理を委託する場合である。長崎の場合は、前述の抑留所長の回想によると、四人の「傭人」のなかに「抑留者の炊事」を担当する者がいたことになっているから、この料理人が調理したようにも思われる。しかし、本書を読むと、原爆直後のところで「警備係の食事をつくっていた支那人の料理人が戻ってこなかったので、警備係のぶんまで炊事係の修道女が世話をすることになりました」（38頁、傍点引用者）と書かれているから、実際には料理の得意な修道女が抑留者たちの食事をつくる炊事係になっていたのではないかとも思われる。ただし、ここは表現が簡潔なので、いろいろな解釈は可能で、以前修道院にいたときに「炊事係」だったともとれなくはないし、原爆直後に臨時に「炊事係」になったとも受けとれる。

いずれにせよ、ふつうなら空腹な状況に置かれれば食事に執着するようになるから、もっと食べ物の話がでてくるはずなのだが、そこは世俗を超越してすべてを神に委ねている宗教者なので、とくに食事に不平をいうこともなく、食べることへの執着心も比較的小さかったようなので、施設内での食事の実態について具体的なことがあまり描かれていないのは、玉に瑕といえようか。

修道女たちにとって、食事よりも大事だったのはミサのことだった。カトリックでは、ミサを執りおこなうことができるのは司祭以上の聖職者だけで、司祭になれるのは男性だけと決まっており、修道女も含めて女性は司祭になることができない。抑留者のなかに司祭がいれば話は早いのだが、あいにくマリー＝エマニュエル修道女のいた抑留所には、プロテスタントの男性宣教師はいたものの、カトリックは修道女ばかりで、神戸でも長崎でも、抑留者たちだけでミサを執りおこなうことはできなかった。それでも神戸では「ミサと聖体拝領は週一回」おこなわれていた（17頁）というから、おそらく近くに住む司祭に来てもらっていたのだと思われる。しかし長崎では、すぐ隣に修道院があったにもかかわらず、おそらく防諜の理由によると思われるが、修道院の神父がミサをあげにやってくることは「固く禁じられて」（25頁）いたために、修道女たちはミサにあづかることができずに困っていた。そこで、長崎に移ってきてからすぐに、日本政府に

ミサの要望が伝えられた（26頁）。「外事月報」昭和十九年九月分によると、この要望は、

長崎の修道女たち→スイス公使館とローマ法王庁使節→外務省→内務省

というルートで伝えられた。これを受け、長崎への移送の一か月後の昭和十九年（一九四四）八月六日から「毎日曜日」に山川清司祭が長崎の抑留所に来てミサをあげることになったと、「外事月報」にはしるされている。しかし、本文（26頁）を読むと、ミサは「一週間おきに、金曜日の六時三十分に」執りおこなわれたと書かれていて、矛盾している。あれほどミサを重視していたマリー＝エマニュエル修道女が記憶ちがいをしているとは考えられないから、ここは「外事月報」のほうがまちがっていると判断される。

細かいことだが、この「外事月報」で名前が挙げられている山川清司祭は、カトリック長崎大司教区編『旅する教会』によると、早坂久之助司教につづく二人目のローマ・プロパガンダ大学（現ウルバノ大学）の留学生となり、日本人として初めて神学博士となった人で、大正元年（一九一二）に司祭に叙階されて以来、長崎各地の教会を転々として主任司祭を務めたが、太平洋戦争中はずっと大浦天主堂の隣にあった長崎公教神学校（現長崎カトリック神学院）の実質的な校長をしていたという。原爆投下直後の昭和二十年八月から半年あまりは、爆心地に建つ浦上天主堂の主任司祭も兼務したというが、それ以外は戦争中にどこかの主任司祭を兼務していたという記述は見あたらない。しかし、本書には「小教区の主任司祭を務めていた日本人の神父様に来ていただくことになったのです」と書かれているから、長崎の抑留所にミサをあげに来たのは別人だったのだろうか。おそらく「外事月報」の「毎日曜日」というのが誤りであるのと同様、実際にミサをあげに来たのが山川清司祭だったというのも誤りではないかという気がするが、詳しいことはわからない。

ここで、長崎の抑留者たちがどのような生活を送っていたのか、本文から読みとれる範囲で整理しておこう。まず、起床は朝「六時半」だったらしく、「朝七時と夜八時には点呼があり」、「礼儀正しく起立したまま、自分の番号を告げ、警備係の意見を拝聴し、きちんと感謝のお辞儀を」する必要があり、「夜には八時三十分ぴったりに就寝・消灯」した（29頁）。昼食後は午後一時から二時まで昼休みがあり、多くの抑留者は横になって休んだり体を暖めたりしていたが、マリー＝エマニュエル修道女は読書をするふりをして「夢想」にふけるのを好んだ（31頁）。

具体的な仕事内容は、「建物でのあらゆる家事」（27頁）と書かれているので、おそらく掃除、洗濯、炊事などだと思われるが、「兎の世話を担当」していた修道女の話などもでてくるから（29頁）、抑留者のあいだで役割分担があったようだ。マリー＝エマニュエル修道女は、「私が牝牛の草を集めるとき」（31頁）、「草刈りを終えて汗びっしょりになっていた私は」（35頁）と書かれているので、牝牛に与えるための草刈りの係だったらしい。さらに、「市街から水を汲み上げる機械が故障」すると「井戸に水を汲みにゆく」作業が加わり（28頁）、男たちは「石炭などの荷物を運びあげる」（29頁）必要もあった。だから、語学の勉強会を開いたり本を訳したりすることができた神戸のときとは違って、長崎では「ほとんど勉強する時間は」なかった（29頁）。

空襲の危険が高まると、これに加えて「三時間から四時間も」防空壕を掘るようになる（27頁）。これについて、マリー＝エマニュエル修道女は「まさに強制労働と呼びたくなるような作業」だったと書いている。ただし、防空壕掘りは、当時の日本人は「勤労奉仕」などの形で当然のこととして無償でおこなっていたものであり、これをもって「強制労働」と呼ぶのは、いかにも外国人の視点という気がする。一般に、俘虜には強制労働が課せられたが、抑留者に課せられることはなく、生活費をかせぐために仕事が与えられることはあっても、低額ながら賃金が支給された。防空壕掘りに関していえば、近くに使える防空壕があれば新しく掘る必要はなかったはずだし、もっと辺鄙な田舎で敵機の襲来の危険が少なければ、防空壕自体あまり必要なかったから、防空壕を掘らされた抑留者というのは、この長崎の抑留所以外にはいなかったのではないだろうか。

実際に空襲に遭うようになると、避難するだけでなく、夜中でも「水を入れたバケツと、藁の敷物のようなもの」を持って建物を消火する役割が与えられた（33頁）。だから、神戸の頃とは比較にならないほど体力を消耗したことはまちがいない。各地の抑留所での生活の大変さは、時期や場所によって大きく異なったが、この長崎の抑留所は、相当きつい部類に属していたといえそうだ。信仰を支えとして試練に耐えることができる修道女や宣教師が中心だったから、なんとかやってゆけたのだろう。

空襲のようすについては、本文にしるされており、聖母の騎士修道院の近くにもアメリカ軍の飛行機が爆弾を落としにきたことがわかる。空襲への備えとして、長崎市の中心をとりかこむ金比羅（こんぴら）山や稲佐（いなさ）山の山頂付近などには、敵機を撃ち落とす「高射砲隊」や、夜間に敵機を照らす「照空隊」が配備され、その付近には弾薬庫や兵舎も置かれていた。だから、原爆が落ちたときも、マリー＝エマニュエル修道女は「何日も前からアメリカ軍が狙っていた弾薬庫に命中したのでしょうか……」と自問自答している（36頁）。

昭和二十年（一九四五）八月二日、アメリカ軍の九州上陸が予想されたことから、長崎の聖母の騎士修道院のポーランド人修道士のうち、ミロハナ院長とゼノ修道士の二人をのぞく十人が熊本の阿蘇山のふもとにある栃木（とちのき）温泉に連れて行かれることになった。熊本は長崎からみて方角的には真東にあたるが、有明海によって隔てられているので、いったん北東の鳥栖（とす）まで行ってから、南下して熊本に到着し、そこで豊肥（ほうひ）本線に乗り換え、東にそびえる阿蘇山のふもとへとむかった。この十人のうちの一人で、マリー＝エマニュエル修道女よりも一歳年上のセルギウス・ペシェク修道士は、前述の回想録『越えて来た道』を残しており、貴重な記録となっている。この十人の修道士のなかには司祭が二人含まれていたから、もちろんミサをあげるときも外部から司祭に来てもらう必要はなく、自分たちで式を執りおこなうことができた。

十人のポーランド人修道士が栃木（とちのき）温泉に移ってからちょうど一週間後の八月九日（木曜）、午前十一時二分、長崎の上空で原爆が炸裂した。原爆による被害は、全体としては広島のほうが数倍大きかったが、カトリックとしての被害、つまり信者の死亡者数や破壊された教会の数という点では、長崎のほうが大きかった。人口あたりのカトリック信徒の割合は、日本全国で飛びぬけて長崎が多かったからだ。

聖母の騎士小神学校は爆心地からすこし離れた山あいにあったので、比較的被害が小さく、窓ガラスなどが割れて負傷者が数名でたものの、死者はでなかった。このとき、ちょうど聖母の騎士修道院のなかで石臼の修理をしていたゼノ修道士は、のちにこのときのことを問われると、おおむね次のように語ったようだ。

「突然、目の前に、稲妻の何倍も鋭い光がひろがった。反射的に身をかがめ、棚の下に頭をつっこむと、次の瞬間に爆発音が轟いた。音はそれほど大きく感じなかったが、大地がゆれて、空が暗くなって行く

原爆で残った岩川町の山王神社の鳥居（長崎市『長崎原爆』より）

ようだった。（……）おそるおそる起きあがったが、頭も体も変に軽く、宙に浮きそう。ちょっと間をおいて、空襲警報が鳴りだした。」（松居桃楼『ゼノ死ぬひまない』）

修道院内では死者はでなかったが、運わるく、抑留所の使用人二名が爆心地からわずか数百メートル南の浦上駅前にあった岩川町に食糧の買い出しにでかけていた。このうち男のほうは即死し、女のほうは抑留所にもどってから死亡した（本文36頁）。これについて、抑留所長だった小山友一氏はこう回想している。

「抑留所の傭人二名は、原爆の日、市内岩川町で、外国人の食糧購入中被災し、男一名は店舗の下敷きとなって焼死、女一名は重傷を受けながら下敷きから脱出、途中で防空壕で一夜を過ごし、翌十日抑留所に辿り着いたものの数日後に死亡した。」（『長崎県警察史下巻』九一〇頁）

原爆の六日後、八月十五日に終戦を迎えるが、抑留されていた外国人たちには、すぐには戦争が終わったことは知らされなかった。これに対し、熊本の栃木温泉に集められていたポーランド人修道士たちは、ラジオで玉音放送を聞くように巡査から勧められたという。もともとカトリックでは、毎年八月十五日は「聖母被昇天(ひしょうてん)の祝日」とされているが（訳注42参照）、この日のできごとをセルギウス修道士はこう回想している。

「全員が参加して聖母の被昇天の祝日の共同ごミサが捧げられました。ごミサが終わって十時頃だったと思います。巡査さんから、今日の午後一時に重大な天皇陛下の放送があるから全員ラジオを聞くように、と命じられました。（中略）

昼食が終わり、全員ラジオの前に集まり、午後一時放送が始まりましたが、ラジオの音は何を言っているのか聞き取れませんでした。しかし、一緒に聞いていた日本人の人たちが涙を流して聞いている表情や言葉で日本が戦争に負けたらしいと分かりました。

戦争が終わった！　私たちは、とても言葉では表せないほど嬉しかったのですが、側にいる日本人のことを考えると、とても表情には出せませんでした。特に十八歳になる旅館の娘さんは声を出して泣いていました。」（セルギウス・ペシェク『越えて来た道』）

ここで放送時刻が「午後一時」となっているのは、もちろん正しくは「正午」のはずである。一般の日本人は、それまで一度も天皇の肉声を聴いたことがなかったから、神格化されていた天皇の声を生まれて初めて耳にしたというだけでも、はかりしれない衝撃を受けることになった。

これとは対照的に、長崎に抑留されていた外国人たちは、重大なラジオ放送があることも、戦争が終わったことも知らされず、翌十六日に米軍機が飛来したときも、それまでどおり避難していたと本文に書かれているのは興味ぶかい（39頁）。八月十七日の夜にいったん就寝し、日付が変わって十八日になったばかりの午前一時半頃、深夜にもかかわらず駈けつけた警察の幹部から、ようやく終戦を知らされたのだった（40頁）。本来なら、戦争が終わったらすぐに抑留を解除すべき筋合いのものだから、わずかな日数でも余計に抑留したのはあまり褒められた話ではないが、長崎では原爆への対応に追われ、死傷した警察官も少なくなかったから、やむをえなかったと思われる。

終戦の知らせを受けて動揺し、すこし落ちつきをとりもどしたマリー＝エマニュエル修道女は、「戦争が十二月八日〔無原罪の御宿り（おんやど）の祝日〕にはじまり、八月十五日〔聖母被昇天の祝日〕に終わったというのは、まったく感慨ぶかいものがありました」と書いている（41頁）。開戦日と終戦日がどちらも聖母マリアにまつわる重要な祝日だったことについては、多くのカトリック関係者が気づいていた。たとえば東京で玉音放送を聴いた志村辰弥神父は、しばらく呆然としてから、開戦日と終戦日が聖母の祝日に重なったことの意義について、一歩踏み込んで考えをめぐらせた。

今日は聖母マリアの被昇天の大祝日である。戦争が十二月八日、聖母マリアの無原罪のおんやどりの祝日にはじまって、八月十五日、被昇天の祝日に終わったというのは、何か深い意味があるように思われる。日本は早くから聖母マリアに献（ささ）げられた国である。聖母はこの戦争の堪えがたい試練をとおして、日本国民を救われる意図ではないだろうか？（『教会秘話』一七〇頁）

　ここで「日本は早くから聖母マリアに献げられた国である」というのは、一五四九年にフランシスコ・ザビエルがキリスト教を伝えるために来日したとき、初めて鹿児島に上陸したのが八月十五日、すなわち聖母被昇天の祝日だったことを記念し、ザビエルが聖母マリアに日本を献げた（奉献した）ことを指す。

　この終戦の日のことについては、奇しくも八月十五日に設立されたために「聖母被昇天修道会」と命名されたカナダの修道会に属していた修道女たちも、記録に残している。これについて次に見てみよう。

もう一冊のフランス語の日本抑留記

　じつは、本書のほかに、太平洋戦争中に日本で抑留された修道女がフランス語でしるした回想録がもう一冊ある。カナダの聖母被昇天修道会に属する修道女が数名で章ごとに分担執筆した『使徒職の小休止』*Parenthèse dans un Apostolat* という小冊子で、副題は「一九四一～一九四五年の戦争の間の日本における聖母被昇天修道会」となっている。抑留体験者の回想録として貴重なものであり、本書と同様、ほとんど存在が知られていないものなので、本書と抱き合わせで翻訳することも考えたが、感嘆符が多いわりには些末なことがえんえんとしるされていて、深い洞察にも欠け、一般の読者にとっては興味が持続しにくいと思われたので、今回は断念せざるをえなかったが、ところどころ詳しく書かれていて参考になり、またマリー＝エマニュエル修道女との接点もあるので、ざっと紹介して、終戦の部分だけ抜粋してみたい。

この聖母被昇天修道会は、一八五三年、フランス語圏のカナダ東部ケベック州のニコレ Nicolet（英語読みにするとニコレット）という街で設立された。日本へは昭和九年（一九三四）に五人の修道女がやってきて、寒さという点ではカナダの気候に近かった青森を本拠地とした。太平洋戦争の開戦当時は、青森市最古のカトリック教会である浜町（現在の本町）教会の敷地内に「聖母院」を建ててここを修練院とし、また青森駅の隣の浪打駅（現在は廃駅）の近くに「青森高等技芸学院」（現在の明の星学園）を設立していた（この学校の隣に修道院「聖光寮」を建てていたが、これは火事で焼失していた）。開戦の翌日、この修道会の七人のカナダ国籍と一人のアメリカ国籍の合計八人の修道女が聖母院に軟禁され、外出が禁じられた（同時に、隣接する浜町教会の司祭館には青森県内の五人の司祭が抑留された）。『宮城県カトリック教会百年のあゆみ』によると、聖母院では児山六七男司祭が「抑留所管理人」に指名されたというから（同書一〇二頁）、警察官は常勤しなかったようだ。『使徒職の小休止』によると、知人がやって来て無断で食べ物を差し入れることもできたようだから、抑留というよりは軟禁というべきかと思われる。昭和十八年（一九四三）九月に第二回日米交換船がでることが知らされると、帰国と残留のどちらを選ぶか、各自が希望をだすことになり、八人のうちの四人（カナダ人三人とアメリカ人一人）は帰国を選び、他のカナダ人四人は青森に残ることを選んだ。日本に残った四人は、昭和十九年（一九四四）三月末、青森の聖母院から、伊達政宗以来のキリスト教の伝統が息づく仙台の善き牧者会修道院に収容された。この修道院にはすでに二十二人の修道女（善き牧者会の十人、聖ウルスラ会の七人、聖ドミニコ女子修道会の五人）が抑留されていたので、これに聖母被昇天修道会の四人が加わって合計二十六人となり、四つの修道会が同居するという「寄り合い所帯」となったが、聖母被昇天修道会の修道院長がいちばん年長だったことから、抑留者の代表を務めることになった。ここで二か月あまりをすごしてから、同年六月上旬、おなじ仙台でも南寄りにある畳屋町（現在は「畳屋丁」と表記）教会に移され、ここでたびたび空襲を受け、とりわけ戦争最後の年となる昭和二十年（一九四五）七月九日夜には八十機のＢ29が飛来したが、畳屋町界隈は延焼をまぬがれ、なんとか無事だった。毎年八月十五日の「聖母被昇天の祝日」は、この聖母被昇天修道会にとって、その名の由来となった特に重要な日だったから、抑留されていた同会の修道女四人は、この祝日に先立って「九日間の祈り」を聖母に捧げ、平和の到来を祈っていた。そして、いよいよ八月十五日を迎える。このときの描写はなかなか貴重なので、以下に訳しておく。

　勝利への序曲として、正午ぴったりに天皇陛下がラジオでお話になると、私たちの住む地区の代表者〔訳注　隣組の組長のことか〕が教えてくれました。告げられた時間になると、私たちは中庭にでて、隣家のラジオから、この著名なお方の静かでおごそかな声を聴きました。お話で使われている難しい言葉の意味を正確に理解することはできませんでしたが、だれもが身じろぎもせずに黙って聴いていました。このようにして陛下が国民に言葉をかけられるというのは前代未聞のことでしたから、歴史に残るお話となりました。あとになって、日本人はみな泣いていたと知りました。

　昼食とその後の数時間は、むしろ静寂のうちにすぎました。二時三十分、いつものように鐘が鳴り、修道女たちはおやつの時間となりましたが、この日の荘厳さを踏まえ、休憩室でいただくことにしました。院長様から「寄りあい所帯」の共同体全員にお話があるという知らせがあっというまに広がり、すぐに食堂がいっぱいになりました。だれもが感きわまったような院長様のお顔を、不安そうに見守っていました。いったい、どうしたというのでしょう……。ついに、いうにいわれぬほど感動した院長様がこう告げられたのです。「みなさん。警備係の女性の話によりますと、聖母様が私たちの願いを叶えてくださり、なんと、この聖母被昇天の祝日に、平和を与えてくださったそうです……」（聖母被昇天の祝日の前の九日間の祈りでは、全員でこのことをお祈りしたのでした）。このうれしい知らせを受け、感嘆の声、涙、ほとんど叫び声など、あらゆる形で、驚きと狂おしいほどの喜びが表現されました。ただし、戦いに負けて泣いている日本人を傷つけないように、あまり騒々しい反応はつつしむ必要がありました。ほんとうなのでしょうか……。戦争は過去のものとなったのでしょうか……。もう空襲の恐れも、抑留も、夜中に起こされることも、変装すること〔訳注　夜間に修道服の白い部分を覆い隠すこと〕もないのです……。おそるべき災禍の取りやめを神様からかちとっていただいた、天にまします聖母様に対し、自然と感謝のマニフィカトがわき起こりました。まだ平和についての公式な知らせはありませんでしたが、これについては翌日、駐在の若い警察官が知らせてくれました。もう皆さんは自由の身になりましたと言い添えながら。（『使徒職の小休止』第三章の「勝利」と題された一節の全訳）

日本人に遠慮して喜びを爆発させることができなかったというのは、前の節で引用したセルギウス修道士の回想と共通している。なお、このなかで「警備係の女性」という言葉がでてくるが、当時は警察官は男性だけだったから、誰かにこの「抑留所」の管理が委ねられていたのだと思われる。とすると、この畳屋町教会も、やはり「軟禁」のような形だったと思われるが、ここでは立ち入らない。

さて、終戦を迎えて自由の身になった聖母被昇天修道会の四人の修道女のうち、二人はそのまま日本に残って使徒職を再開することにし、他の二人はカナダへ帰国することになった。

帰国の旅については、サン＝フロリアン修道女がこの小冊子の第四章で描写している。それによると、仙台にいたサン＝フロリアン修道女その他一名は、終戦から一か月も経たない九月十一日に仲間に別れを告げ、近くの塩釜港からオーストラリアの駆逐艦に乗って横浜港まで行き、九月十四日にトラックで厚木飛行場に移動した。ダグラス・マッカーサーが大きなパイプをくわえながらこの飛行場に降りたった二週間後のことである。ここには巨大なB29も駐機していて、乗りこんだのはそれにくらべれば小さな飛行機だったが、それでも三十人ほどの乗客が乗っていて、五、六時間かけて沖縄へ飛んだというから、敗れた日本との国力の差が思い知らされる。沖縄からはまた飛行機に乗り、ちょうど台風シーズンだったことから、暴風雨で難儀しながら、九月十九日にフィリピンのマニラに到着した。マニラではさまざまな修道会の修道女と合流したが、そのなかに「ヌヴェール愛徳修道会の修道女が一人」いたとしるされている。これがマリー＝エマニュエル修道女のはずである。こうして、マニラからはサン＝フロリアン修道女とマリー＝エマニュエル修道女が行動をともにすることになった。

帰国とその後

これより前、九月二日にマッカーサーが戦艦ミズーリで降伏文書に署名すると、日本人の「戦犯」が刑務所に収監されてゆくのと並行して、日本各地の収容所からは俘虜と抑留者が解放されてゆく。東条英機が東京都世田谷区用賀の自宅で自殺未遂を企てて捕らえられたのは九月十一日のことだったが、このおなじ日、長崎では、アメリカ軍の空母や戦艦にまじって、病院船へブン号が出島の岸壁に繫留し、俘虜と抑留者を乗せることになった。

マリー＝エマニュエル修道女は九月十三日に病院船に乗りこんだが（本書45頁）、すぐには出港せず、九州各地の炭鉱などで使役されていた俘虜たちを順番に船に乗せる必要があったことから、十日間も待たされ、ようやく九月二十三日に長崎を出港した。翌日には沖縄に上陸し、さらにその翌々日、飛行機でフィリピンのマニラに移動した。マニラはこの一か月前までマッカーサーの司令部が置かれていただけあって、広大なキャンプが設営されており、当時は、本書で書かれているように「俘虜と抑留者の集合の中心地」となっていた。「修道女には専用のキャンプが割り当てられていました」として、さまざまな修道会が列挙されているなかで「聖母被昇天修道会」がでてくるが（48頁）、これがサン＝フロリアン修道女その他一名である。

マニラからアメリカへの船旅については、やはりサン＝フロリアン修道女による記述が詳しい。それによると、修道女たちを乗せたオランダ船籍のクリップフォンテン Klipfontein 号は、十月八日にマニラを出港する予定だったところ、小さなアクシデントが起きて、点検のために一日遅れて十月九日に出港した。現在も横浜港に繫留されている氷川丸とおなじくらいの大きさの貨客船だが、船内で配布された資料によると、乗客の内訳は、俘虜が九百九十九人（本書50頁でもおなじ数字がしるされている）、民間人が百七十二人（修道女たちはこのなかに含まれる）、動員解除された兵隊が三百三十三人、陸軍将校が三十人、海軍士官が一人で、総勢千五百三十五人が詰めこまれたというから、定員をはるかにオーバーした状態で太平洋を横断することになった。もともと太平洋という名前は、波が少なく穏やかだったことから大航海時代にスペイン人マゼランが「平穏な大洋（パシフィック・オーシャン）」と呼んだのが始まりだといわれているが、このときの航海も「紺碧の海はきわめて穏やか」だった（50頁）。当初はサンフランシスコにむかう予定だったが、途中で、おなじアメリカ西海岸でもはるかに北の、カナダとの国境に近いシアトル行に変更になり、二十日間の船旅を経て十月二十七日に到着、その翌日に上陸した。

このクリップフォンテン号の乗船者名簿を調べると、たしかにマリー＝エマニュエル修道女の「Mary Gregory」という本名が確認される。当時のアメリカの乗船者名簿は、いわば入国審査票も兼ねていて、たとえば「アメリカ国民になる意志はあるか」、「無政府主義者か」、「五十ドル以上所持しているか、所持していなければいくら所持しているのか」など、一人につき見開き二頁にわたる三十七項目もの質問に答えるようになっている。煩瑣にわたるので省略するが、「旅費は誰が支払うのか」の欄には「イギリス政府」、「最終目的地」の欄には「英国トンブリッジ」、「合流する親戚または友人」の欄には「英国ケント州トンブリッジ修道院」としるされている。

十月二十八日にシアトルに上陸すると、カナダ人だったサン＝フロリアン修道女のところには、すぐにイギリスの領事がやってきて世話をしてくれたという。カナダがまだイギリスから完全には独立していなかったのではないかと思わせるような一幕である。その後、修道女たちは聖心会の修道院に案内されてミサに出席したのち、イギリス領事館に赴いて書類の手続きを済ませ、その日の夜にシアトルから汽車に乗りこみ、北上して国境を越え、真夜中にバンクーバーに到着した。サン＝フロリアン修道女によると、この汽車には「修道女が八人いて、カナダ人が七人、イギリス人が一人だった」というが、この「イギリス人」こそがマリー＝エマニュエル修道女である。サン＝フロリアン修道女たちは翌日の夕方に再び汽車に乗ってカナダ東

List 15376/6

LIST OR MANIFEST OF ALIEN PASSENGERS FOR THE UNITED

S. S. ______ Passengers sailing from MANILA, P.I. , 9 October , 1945

No. on List	Head-tax status	Family name	Given name	Age Yrs.	Age Mos.	Sex	Married or single	Calling or occupation	Read	Language	Write	Nationality	Race or people	Place of birth: Country	Place of birth: City or town	Last permanent residence: Country	Last permanent residence: City or town
1	105.3(2)	ADAMS	JESSIE	63	2	F	S	Religious	X	English	X	England	English	England	Newbury	Japan	Yokohama
2	105.3(2)	BARKER	THOMAS	60	1	M	M	Missionary	X	English	X	England	Irish	Ireland	Derry	Manchuria	Moukden
3	105.3(2)	BARKER	ANN	39	9	F	M	Doctor of Medicine	X	English	X	England	Scotch	Scotland	Brechin	Manchuria	Moukden
4	105.3(2)	BERNARD	MARIE	30	1	F	S	Religious	X	English	X	Canada	French Canadian	Canada	Quebec	Japan	Nagasaki
5	[illegible]	BONGAN	FELISA	45	10	F	M	Housewife	X	English	X	Philippine	Filipino	Philippine	Manila	Philippine	Manila
6	[illegible]	BONGAN	MARCELO	54	1	M	M	Judge	X	English	X	Philippine	Filipino	Philippine	Manila	Philippine	Manila
7	105.3(2)	BORG	GRIZIA	43	6	F	S	Religious	X	English	X	Malta	English	Malta	Cara Lia	Japan	Nagasaki
8	105.3(2)	BRIXTON	CAROLINE	55	5	F	S	Missionary	X	English	X	England	English	England	Enaphill	Manchuria	Jehol
9	[illegible]	CAMACHO	MARIA	26	1	F	S	Missionary	X	English	X	Guam	[illegible]	Guam	Agana	Philippine	Manila
10	[illegible]	CHO	NANCY	31	0	F	M	Housewife	X	English	X	China	Chinese	China	[illegible]	Philippine	Manila
11	105.3(2)	CHO	EMILY	3	10	F	F	Infant	No		No			Manila	P.I.	-	-
12	[illegible]	COQUIA	HERMINIA	23	6	F	S	Missionary	X	English	X	Philippine	Filipino	Philippine	Dagupan	Philippine	Manila
13	105.3(2)	CRAWFORD	DOROTHY	44	11	F	S	Missionary	X	English	X	England	Irish	Ireland	Belfast	Manchuria	Hsin Min
14	105.3(2)	DESCHINES	IDA	42	9	F	S	Missionary	X	English	X	Canada	French Canadian	Canada	Quebec	Japan	Nagasaki
15	105.3(2)	DORWARD	JOHN	58	6	M	M	Missionary	X	English	X	England	Anglo Saxon	Scotland	Galashiels	Manchuria	Moukden
16	105.3(2)	DORWARD	JOSEPHINE	65	1	F	M	Missionary	X	English	X	England	Celtic	Scotland	Kinloch	Manchuria	Moukden
17	[illegible]	GLEBOVA	MARGARITA	24	10	F	W	Housewife	X	English	X	Russia	Russian	Manchuria	Harbin	Philippine	Manila
18	[illegible]	GOLDMENZ	SARA	43	4	F	S	Housewife	X	English	X	Poland	Polish	Poland	Warrow	Philippine	Manila
19	[illegible]	[illegible]	[illegible]	[illegible]	[illegible]	[illegible]	[illegible]	[illegible]	[illegible]	English	[illegible]	Poland	Polish	Germany	Breslau	Philippine	Manila
20	105.3(2)	GREGORY	MARY	36	11	F	S	Religious	X	English	X	England	English	England	Harrow	Japan	Nagasaki

20	105.3(2)	GREGORY	MARY	36	11	F	S	Religious	X	English	X	England
	English	England	Harrow	Br. PP# 14639 London, Eng / B/6 Waiver 9/14/45	4/6/32 / R 4/4/45		Japan	Nagasaki				

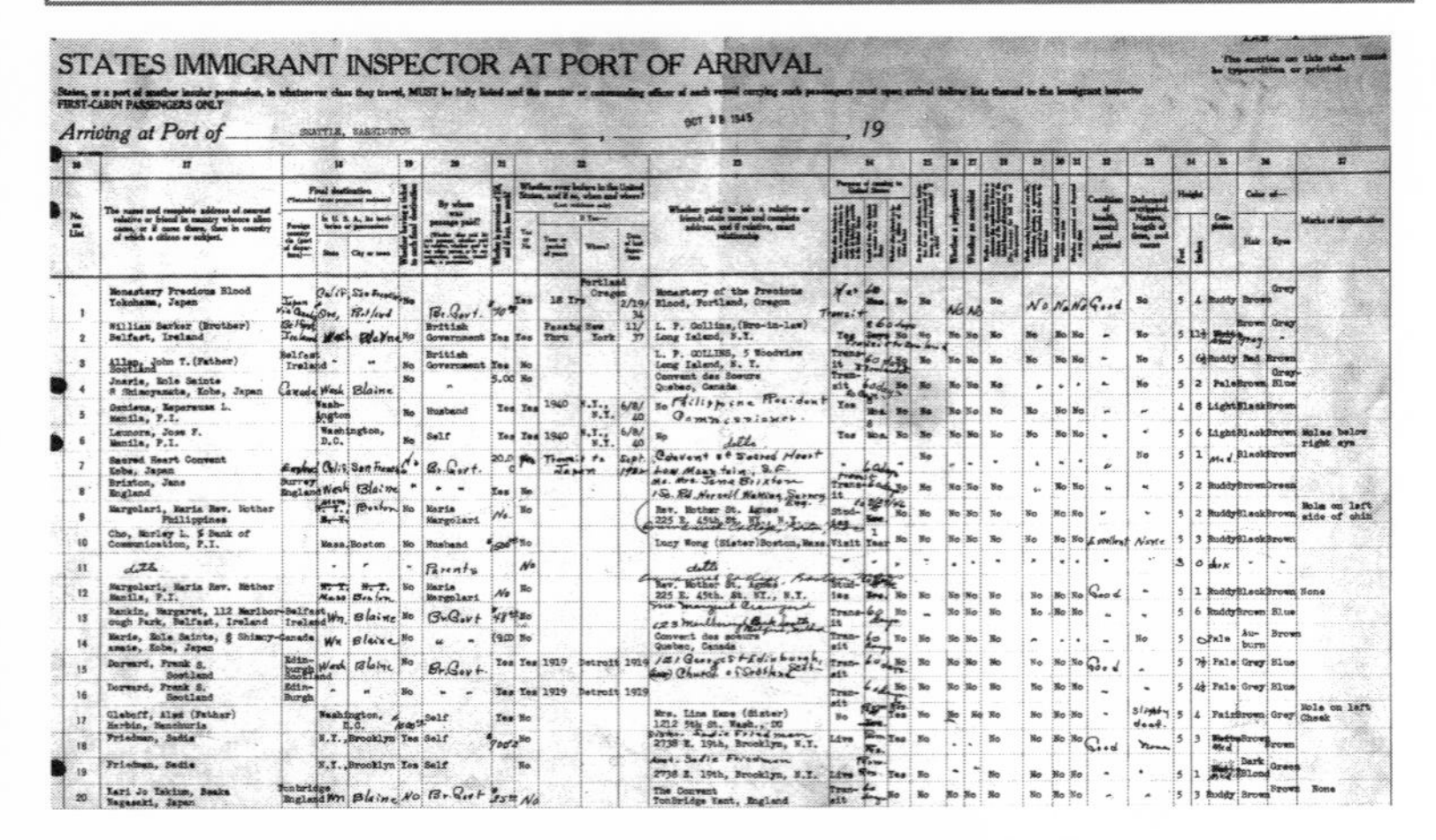

STATES IMMIGRANT INSPECTOR AT PORT OF ARRIVAL

FIRST-CABIN PASSENGERS ONLY

Arriving at Port of SEATTLE, WASHINGTON , OCT 2 8 1945 , 19

No. on List	Nearest relative or friend in country whence alien came	Final destination: State	City or town	By whom was passage paid?	Whether going to join a relative or friend	Height Feet	Height Inches	Complexion	Hair	Eyes	Marks of identification
1	Monastery Precious Blood Yokohama, Japan	Calif. / Ore.	San Francisco / Portland	Br. Govt.	Monastery of the Precious Blood, Portland, Oregon	5	4	Ruddy	Brown	Grey	
2	William Barker (Brother) Belfast, Ireland	Wash.	Blaine	British Government	L. P. Collins, (Bro-in-law) Long Island, N.Y.	5	11½	[illegible]	Brown	Grey	
3	Allan, John T. (Father) Scotland	"	"	British Government	L. P. COLLINS, 5 Woodview Long Island, N. Y.	5	6½	Ruddy	Red	Brown	
4	Jnarie, Eole Sainte 8 Shimoyamate, Kobe, Japan	Wash.	Blaine	-	Convent des Soeurs Quebec, Canada	5	2	Pale	Brown	Grey-Blue	
5	Genieve, Esperanza L. Manila, P.I.	Washington		Husband	Philippine President Commissioner	4	8	Light	Black	Brown	
6	Lacnora, Jose F. Manila, P.I.	Washington, D.C.		Self	ditto	5	6	Light	Black	Brown	Moles below right eye
7	Sacred Heart Convent Kobe, Japan	Calif.	San Francisco	Br. Govt.	Convent of Sacred Heart [illegible], S.F.	5	1	Med.	Black	Brown	
8	Brixton, Jane England	Wash.	Blaine	-	Mrs. Jane Brixton [illegible] Surrey, Eng.	5	2	Ruddy	Brown	Green	
9	Margolari, Maria Rev. Mother Philippines	N.Y.	Boston	Maria Margolari	Rev. Mother St. Agnes 225 E. 45th St. NY., N.Y.	5	2	Ruddy	Black	Brown	Mole on left side of chin
10	Cho, Morley L. & Bank of Communication, P.I.	Mass.	Boston	Husband	Lucy Wong (Sister) Boston, Mass.	5	3	Ruddy	Black	Brown	
11	ditto	-	-	Parents	ditto	3	0	dark	-	-	
12	Margolari, Maria Rev. Mother Manila, P.I.	N.Y. / Mass.	N.Y. / Boston	Maria Margolari	Rev. Mother St. Agnes 225 E. 45th. St. NY., N.Y.	5	1	Ruddy	Black	Brown	None
13	Rankin, Margaret, 112 Marlborough Park, Belfast, Ireland	Wn.	Blaine	Br. Govt.	[illegible]	5	6	Ruddy	Brown	Blue	
14	Marie, Eole Sainte, 8 Shimoyamate, Kobe, Japan	Wn.	Blaine	"	Convent des soeurs Quebec, Canada	5	[illegible]	Pale	Auburn	Brown	
15	Dorward, Frank S. Scotland	Wash.	Blaine	Br. Govt.	181 George St. Edinburgh, Scot. Church of Scotland	5	7½	Pale	Grey	Blue	
16	Dorward, Frank S. Scotland	"	"	-		5	4½	Pale	Grey	Blue	
17	Gleboff, Alex (Father) Harbin, Manchuria	Washington, D.C.		Self	Mrs. Lina Kane (Sister) 1212 5th St. Wash., DC	5	4	Fair	Brown	Grey	Mole on left Cheek
18	Friedman, Sadie	N.Y.	Brooklyn	Self	Sister Sadie Friedman 2738 E. 19th, Brooklyn, N.Y.	5	3	[illegible]	Brown	Brown	
19	Friedman, Sadie	N.Y.	Brooklyn	Self	Aunt Sadie Friedman 2738 E. 19th, Brooklyn, N.Y.	5	1	[illegible]	Dark Blond	Green	
20	Kari Jo Yakimo, Bebka Nagasaki, Japan	Wn.	Blaine	Br. Govt.	The Convent TonBridge Kent, England	5	3	Ruddy	Brown	Brown	None

クリップフォンテン号の乗船者名簿（アメリカ国立公文書記録管理局蔵）。
１枚目の画面いちばん下にGREGORY, MARYの名がみえる。

部にむかったが、このときは「修道女が七人」だったと書いている。マリー＝エマニュエル修道女は、バンクーバーに残って別行動をとったからである（本書52頁）。

ちなみに、太平洋に面したカナダのバンクーバーは、明治の頃から日本人の移民が多く、日本人街も形成されていたが、戦争中はカナダ政府が日系人を連行して抑留所に送り込んだ結果、日本人街は荒れ放題となっていた。

バンクーバーに一週間滞在したマリー＝エマニュエル修道女は、カナダの西海岸から東海岸まで汽車で横断した。カナダも北のほうは極寒の地なので、大陸横断鉄道はカナダの南端に、アメリカとの国境からあまり離れないようにして敷かれている。一等車の個室で、黒人のボーイが世話をしてくれたと書かれているが、旅費は太平洋の船旅と同様、イギリス政府の負

P.M. 23.

Name of Ship "CAVINA" Port of Arrival Liverpool Date of Arrival 19

Steamship Line CUNARD WHITE STAR LIMITED. Whence Arrived Montreal

NAMES AND DESCRIPTIONS OF **BRITISH** PASSENGERS

Port of Embarkation	Port at which Passengers have been landed	NAMES OF PASSENGERS	CLASS	AGES OF PASSENGERS	Proposed Address in the United Kingdom	Profession, Occupation or Calling of Passengers	Country of Last Permanent Residence	Country of Intended Future Permanent Residence (England)
Montreal		34 Mr. George Evangonloff	1st.	52	St.Helen's Court. Anglo Saxon.London.	Engineer	Trinidad	x
"	"	35 Mr. Aubrey F.Beno.	"	50	Foreign Office. Whitehall.London.	King's Messenger.	England.	x
"	"	36 Mr.Sydney J.Farmer	"	50	Lloyds Bank. Hounslow.Mddx.	Gov.Official.	India.	x
"	"	37 Mrs.Florence Payers	"	38	1A. Grove Way.Eshter Surrey.	Housewife	England.	x
"	"	38 Mr.Frank Chas.Payers	"	44	" "	Civil Serv.	"	x
"	"	39 Mrs.Phyllis Fraser	"	39	"The Dial"House Chipstead.Surrey.	Wife of G.O.	"	x
Mrs.	"	40 Mrs.Sybil Glass.	"	40	Canada House. Trafalgar Sq.London.	Housewife	Brazil	x
"	"	41 Mr. Lester Glass.	"	42	" "	Gov.Official.	"	x
"	"	42 Sister Mary Gregory	"	37	Superior Convent. Tonbridge.Kent.	Religious	Japan.	x

カヴィナ号の乗船者名簿（イギリス国立公文書館蔵）。画面いちばん下に「Sister Mary Gregory」「37」歳と書かれている。このリストのさらに下のほうには、長崎の抑留所で一緒だったイギリス人トレヴァー・ジョーンズ夫妻の名前も確認される。

担だったはずである。ロッキー山脈を越え、退屈するほど広がる草原を通過し、五大湖をすぎるとフランス語圏のケベック州に入り、モントリオールに到着する。ここは十七世紀以来、フランス人が開拓にいそしんだ港街で、大西洋にそそぐ大河をさかのぼった付け根あたりに位置し、かなりの大型船も碇泊することができる。マリー＝エマニュエル修道女は、聖心会の寄宿学校に泊めてもってから、イギリスの海運会社のカヴィナCavina号に乗りこみ、三日間の大西洋横断の船旅を経て、一九四五年十一月二十二日にイギリス西海岸のリヴァプールに上陸、無事に故国の土を踏んだ（本書53頁）。

年が改まって、ビザが入手できたらしく、フランスに渡り、一九四六年一月十九日にヌヴェールの本部修道院に到着した（本書54頁）。ここで、修道会の総長をはじめ、他の修道女たちから日本でのできごとを話してほしいと何度も頼まれ、いっそのこと回想録を書いたらどうかと勧められるがままに執筆したのが本書ではないかと想像される。

本書の末尾には「院長マリー＝クロチルド様とその補佐をする修道女の皆様がはじめて日本に到着したのは、ちょうど二十五年前のことでした」と書かれているが、マリー＝クロチルド・リュチニエらが初来日したのは一九二一年のことだったから、その二十五年後というと、たしかに一九四六年にあたる。

翌一九四七年、マリー＝エマニュエル修道女は南仏の聖地ルルドに行き、孤児院に滞在したという。その頃、本書が刊行された。表紙の下部には、「タルブ、孤児実習生印刷所、一九四七年」Tarbes, Imprimerie des Orphelins-Apprentis, 1947と書かれている。タルブはルルドの玄関口となっている比較的大きな街で、この印刷所については不明だが、名称からして、身寄りのない若者の自立を支援するための職業訓練所を兼ねた印刷所ではないかと推測される。

刊行から四年後の一九五一年、カトリック系の読み物を集めた小さな月刊誌「エクレジア」の十月号（*Ecclesia, lectures chrétiennes*, n° 31, octobre 1951）に、本書の原爆に関する部分（本書33〜41頁）がそのまま抜粋して掲載された。「原爆が私を解放した」という題がつけられ、「レヴェランド・メール、マリー＝エマニュエル・グレゴリーが見た……そして身に受けた出来事」という副題がつけられている。「レヴェランド・メール」というのは修道院長などに用いられる敬称だが、本部修道院に確認したところ、マリー＝エマニュエル修道女がどこかの修道院長になったことは一度もないとのことだったので、おそらく雑誌の編集部が敬意をこめてこう呼んだのだと思われる。抜粋に先立ち、編集部による次のような紹介文が付されている。

「日本戦の初期である一九四二年九月に抑留された著者は、捕囚による数えきれない辛酸と窮乏に耐えたのち、長崎に来ていた。このときに体験した惨劇を、どれほど見事な冷静さで物語っているか、お読みいただ

「エクレジア」誌 1951 年 10 月号に掲載された本書の抜粋に添えられた挿絵

得て妙である。

きたい。」この「見事な冷静さ」というのは、本書をつらぬくスタンスを言い

ている。

この雑誌記事の冒頭には、切り絵のようなスタイルの一枚の挿絵が添えられ

のだが、よく見ると米軍機と思われる三機の飛行機が描きこまれており、稲妻

ている。火の中に棲むという想像上の動物サラマンドル（火蜥蜴）を描いたも

のようなものがサラマンドルを貫いているのは、これが原爆の稲光りで、全体

として火の海に包まれて焦土と化した日本を寓意しているのだろうか。このサ

ラマンドルは瀕死にあえいで苦しんでいるようにもみえる。しかし、西洋の伝

統では、サラマンドルは火に焼かれることのない特殊な能力をもち、フェニッ

クス（不死鳥）につうじる強靭な生き物としてイメージされ、ルネッサンス期の

フランソワ一世が好んで自分の紋章として描かせたくらいだから、むしろ原爆

という苦難に遭っても生きのびて再生する、いわば日本の底力を描いたものだ

と受けとめるべきかもしれない。この抜粋記事が発表されたのは、折しも日本

の主権回復を謳ったサンフランシスコ講和条約が署名された翌月のことだった。

この条約が発効するのは翌一九五二年春のことで、長かったアメリカ軍による

日本占領にようやく終止符が打たれることになる。

その後、マリー＝エマニュエル修道女は地中海を渡り、フランスの植民地

だったチュニジアに赴き、「マリー・ノエル」と呼ばれるようになったという。さらに再びヌヴェール愛徳修道会の本部修道院にもどり、最晩年にはイギリス南岸の海辺の保養地ブライトンにあったヌヴェール愛徳修道会の「ルルド修道院」に移り、ここで二〇〇二年十一月三日、九十四歳の長寿をまっとうした。この「ルルド修道院」をインターネットで探すと、修道院とはいっても、ふつうの一軒家とあまり変わらない二階建ての建物の写真が見つかる。この修道院は二〇一一年に閉鎖されたが、もうその頃には修道女が二人しかおらず、一人が引退するのにあわせて、もう一人は他の修道院に移ることになり、閉鎖が決まったのだという。

本書の位置づけ

本書は、ヌヴェール愛徳修道会の、おそらく総長も含む先輩の修道女たちから、どのような目に遭ったのかと問われるがままに、記憶をたどり、順を追って整理しながら体験談を話すような文体となっている。「神様」や「聖母様」の見ている前で話すような意識で書かれているので、嘘をつくことはありえない。体験してから執筆するまで、あまり時間が経過していないことも、資料的な価値を高めている。

本書の文体に接して、訳者が限られた読書体験からまっ先に思い浮かべたのは、修道女の独白体ということから、十八世紀のディドロの小説『修道女』だった。次に、どこかでこれと似たような文体を読んだ記憶があるが、何だったかとしばらく考えてから思いあたったのは、第一次世界大戦中に、ある信心ぶかい無名の中年女性が書いた一連の手紙だった（『フランス人の第一次世界大戦――戦時下の手紙は語る――』二七四頁以降)。この女性は、フランス北部の都市リールに住んでいて、ドイツ軍の侵攻から逃れてフランス北西部の街リジウー(リジュー)に避難し、「リジューの聖テレーズ」(幼いイエズスの聖テレーズ)の庇護を心の支えとして戦争の惨禍を生き抜いたのだった。こうした手紙や独白体小説の文体に近いという点からして、「である」調よりも「です・ます」調のほうが日本語訳にはふさわしいと思われた。

文学性がある程度高いと思われる点も、本書の魅力だと思われる。いくら歴史的に貴重な証言でも、体験談にありがちな中学生の作文のような文章では、読む気がうせてしまう。その反対に、たとえば米軍機の襲来を描く本書の次の一節などは、マルセル・プルーストの『失われた時を求めて』のどこかで読んだような錯覚さえ抱かせるといったら、褒めすぎだろうか。

白昼、青い空のはるか高いところで、太陽の光につつまれて一群の飛行機が銀いろの鳥のように輝くのを、何度目にしたことでしょう。弧を描きながら飛び来たっては飛び去り、まるでこれから何をしようかと相談しあうようにしてから、突然、標的にむかうのでした。(33頁)

あるいは、満天の星に囲まれながら静かに航海をつづける船上で、「こうした美しいものすべてを創造なさった神様の力と荘厳さに思いを致す」(50頁)あたりは、詩的な雰囲気さえ感じられる。このように、歴史的価値と文学性の両方に優れている点が本書の長所だといえるだろう。

観察眼も鋭く、たとえば日本の学校では授業中は話し声一つせず、「ここは修道院なのではないかと錯覚してしまうほど」（10頁）だとか、防空訓練は実際に役立つかどうかは二の次で、むしろ「人々の戦闘精神を維持」するためのものだった（19頁）とか、日本人は「最後の一人まで戦おうとしているようでした」（33頁）といった指摘がなされている。

マリー＝エマニュエル修道女は、日本人に対してはどのような印象を抱いていたのだろうか。教え子に惜しみない愛情をそそいだことは本文からも十分に伝わってくるが、修道女でミッションスクールの教師だったという立場上、女子生徒に教える以外は、おなじ信仰をもった修道女たちからなる「香里の共同体」の限られた世界のなかで暮らしていたわけで、英語とフランス語のバイリンガルだったとはいえ、日本語はあまり上達しなかったようだし、おそらくキリスト教徒以外の一般の日本人とは、ほとんどつきあう機会はなかったと思われる。しかも、戦争がはじまって、いやおうなく接することになったのが、自分たちの動向を監視する警察官で、しばしば高圧的に理不尽な規則を押しつけられたわけだから、日本人一般に対してはあまり好ましい印象はもっていなかったのかもしれない。警察官に対して、ときどき皮肉が顔をだすのも、もっともである。とはいえ、老大国イギリスの余裕というべきか、多くの場合、冷静で上品な皮肉にまとめられていて、反感や不快感はあまり露骨には表現されていない。

ただ、イギリス人として、日本軍に対してはよい感情をもっていたはずはなく、冒頭付近では、「支那の地でいくつかの勝利を挙げたことで、日本人は野心と傲慢を刺激されていました」という文が唐突に挟まれていて、読者を驚かせる。

また、事実の歪曲はないとはいっても、連合国寄りの解釈は随所にみられるが、ここでいちいち取りあげるのはやめておこう。ただ、全体として、西洋を「文明」、日本を「野蛮」ととらえる従来の見方が健在であることは、指摘しておくべきかもしれない。たとえば、気になった言葉に傍点を振って引用してみよう。

「日本軍はこれが最後の機会とばかりに、獰猛な勇気をふるって戦った」(46頁)
「子供たちは野蛮な叫びをあげながら、アメリカ兵の顔に手榴弾を投げつけた」(47頁)
「マッカーサー元帥をはじめとするアメリカ占領軍も、宣教師たちが日本人の文明化のために尽くすように呼びかけていました。」(43頁)

この最後の文にみられるように、アメリカ軍による占領支配に宣教師も協力してほしいという呼びかけや、明言はされてはいないが、それに応えようとしている姿勢をみると、中世の十字軍の頃や、十六世紀の大航海時代だけでなく、十九世紀以後の帝国主義の時代にも、キリスト教が領土獲得や植民地支配を正当化するイデオロギー的な役割を果たしていたのではないかという疑念が頭をよぎる。

というのも、欧米の植民地支配を正当化してきたのは、野蛮な地域に住む人々に文明をもたらすべきだという使命感だったが、二十世紀初頭までは、たとえば「戦争犯罪」を根拠づける国際法においてさえ、キリスト教国と文明国がほぼ同義語だと考えられていたからだ。だとすれば、欧米のキリスト教宣教者の目からみて、日本の神道がキリスト教伝来以前の古代ギリシアやケルト民族などとおなじ野蛮な多神教のように映ったとしても無理はない。だからこそ日本にキリスト教を広めなければならないという使命感を宣教者たちは抱いていたわけで、マリー＝エマニュエル修道女もその一人だったはずである。そうした使命感が完全な善意にもとづくものであることに疑いの余地はないとしても、その背後にある認識は、植民地支配を正当化する考え方ときわめて親和性が高いものであったことに、改めて気づかされてしまうのだ。

そういえば、本書の原題に含まれる「原爆による解放」という言葉には、抑留から「解放」してくれるものとして原爆を歓迎しているかのようなニュアンスさえ感じられ、居心地の悪さを抱かされてしまうところだ。とはいえ、本文を読むと、たとえば永井隆のように原爆も「神の摂理」だったなどと捉えられているわけではなく、原爆そのものの意義についてはいわば判断を保留にして、謙虚に自分の境遇についてのみ思いをめぐらし、自分が原爆投下の瞬間に居あわせたのは神の思し召しだった、という捉え方をしているように思われる。

マリー＝エマニュエル修道女は、抑留中は多くの辛酸をなめさせられたはずだが、不当とも思える仕打ちも神の意志として甘受し、すべてを受けいれ、すべてを赦しているので、基本的には、「敵」だった日本の読者もあまり反撥を抱かずに読み進めることができる。神という絶対的・超越的な視点に立てば、敵味方といった世俗の世界での対立は乗り越えられてしまうものなのだろう。おなじ修道女や宣教師の手記や回想録でも、たとえば抑留されるときに慌てて泣き叫んだり、日本人に対する憎悪の感情が透けてみえる場合もあるが、マリー＝エマニュエル修道女は取り乱すことがまったくなく、従容として運命を受けいれており、多少の皮肉は口にしても、憎しみという感情とは無縁である。長い年月を経て過去を水に流すのではなく、まだ記憶がなまなましい時期に書かれていながら、すでにして「恩讐の彼方」に立っているのは、宗教者として敬服に値する。

終戦直後、フランシスコ会カナダ管区のアンブロジオ分管区長は、「抑留中受けた虐待のことに関しては、日本宣教のため絶対しゃべらないように命じた」という（『宣教師たちの遺産』二三〇頁）。「虐待」かどうかはともかく、不当とも思われた待遇については黙して語らないというのは、憎悪の連鎖を断ち切り、禍根を残さないようにするという意味で、大変立派な態度だと思われる（実際には、前述のようにプリュダン・モンフェット神父が短い手記を残しているが、戦後相当な年月が経過してからのものだから、おそらく時効だと考えたのだろう）。また、四国で宣教活動をしていたドミニコ会のスペイン人宣教師マカリオ神父は、戦争末期にサンタマリア神父とともに拘束されて刑務所に入れられたというが、のちに著書『四国キリシタン史』のなかで戦時中のことについて述べながら、自分たちの受けた苦難についてはひと言も触れていないのは、やはり同様の考え方によるものなのだろう（拘束の事実は同書の巻末で訳者によって明かされており、また『大正昭和カトリック教会史3』一八六頁には記載がある）。しかしその一方で、黙して語らないと、歴史が後世に伝わらなくなってしまうから、負の遺産ではあっても語ってほしかった気はする。その点、マリー＝エマニュエル修道女は、憎悪の感情を捨てるという宗教的な課題をクリアしながら、なおかつ饒舌ではないけれども具体的なことを書き残してくれているのは、歴史の記録として貴重だと思われる。

本書でマリー＝エマニュエル修道女自身がもっとも伝えたかったのは、おそらく、逆境にあっても揺るぎない信仰を持ちつづけることの大切さなのだろう。信仰が最大のテーマなのだとすると、本来ならカトリック信者の人が訳すべきだったかもしれない。キリスト教に強い関心を抱いてはいるものの、信者ではない訳者があえてこれを訳したのは、原爆や抑留といった内容に関係する以上、広く一般の日本人にとって読むに値するものであり、ともすると閉鎖的で独善的になりがちな、信者どうしで交わされる言語空間に閉じこめるべきではないと思われたことによる。したがって、カトリックの立場からすると、「なにも（ニヒル）妨ぐるものなし（オプスタト）」というわけにはゆかない箇所もあるかもしれない。また、解説、とくにその前半が長くなってしまったのは、従来の、やや偏っていると思われる「戦犯」追及型の外国人抑留に関する言説を是正したいと思われたことによる。したがって、解説や訳注などに同意しがたい部分があると感じられる人々もおられるかもしれないが、本書のようなテーマに関して、ある程度踏み込んだことを述べようとすると、あらゆる立場の人の満足のゆくように叙述するというのは、どだい無理なことなのだろう。気分を害されたとしたら、お詫びしたい。

本稿の執筆にあたっては、ヌヴェール愛徳修道会本部修道院文書保管室のSœur Laurette Rébuffie修道女から貴重な情報と励ましの言葉をいただいた。また、ホームページPhilippineInternment.comを主催しながら大戦中のフィリピンでの俘虜について研究しているアメリカの歴史研究家Cliff Mills氏からは貴重な御助力を得ることができた。筆者とは歴史観がまったく異なるにもかかわらず出版を快諾された、えにし書房株式会社代表の塚田敬幸氏にもお世話になった。末筆ながら、しるして感謝したい。

原爆投下から七十七年後の八月

大橋尚泰

主要参考文献

《全般》

内務省警保局外事課「外事月報」復刻版（不二出版、一九九四年）

内務省警保局『昭和十六年中に於ける外事警察概況』復刻版（龍溪書舎『極秘外事警察概況第七巻　昭和十六年』、一九八〇年）

内務省警保局『昭和十七年中に於ける外事警察概況』復刻版（龍溪書舎『極秘外事警察概況第八巻　昭和十七年』、一九八〇年）

内務省警保局保安課「特高月報」復刻版（政経出版社、一九七三年）

『戦時下のキリスト教運動 ― 特高資料による』1～3（同志社大学人文科学研究所・キリスト教社会問題研究会編、和田洋一監修、新教出版社、一九七二～七三年）

高木一雄『大正・昭和カトリック教会史3』（聖母の騎士社、一九八五年）

小宮まゆみ「太平洋戦争下の「敵国人」抑留――日本国内に在住した英米系外国人の抑留について――」（『お茶の水史学』四十三号、一九九九年）

小宮まゆみ『敵国人抑留』（吉川弘文館、二〇〇九年）

『新カトリック大事典』（上智学院新カトリック大事典編纂委員会編、研究社、二〇〇九年）

『カトリック教会のカテキズム』（カトリック中央協議会、二〇〇二年）

ラゲ『公教要理説明』第四版（司教館、一九四〇年）

日本キリスト教歴史大事典編集委員会『日本キリスト教歴史大事典』（教文館、一九八八年）

日本キリスト教歴史大事典編集委員会『日本キリスト教歴史人名事典』（教文館、二〇二〇年）

メートル、カンソン、ソ『キリスト教文化事典』（蔵持不三也訳、原書房、一九九八年）

ジェイムズ・ホール『西洋美術解読事典』（高階秀爾監修、河出書房新社、一九八八年）

《訳注》

土屋吉正『ミサがわかる――使え合う喜び』（オリエンス宗教研究所、一九八九年）

ラニエロ・カンタラメッサ『ミサと聖体』（片岡仁志・庄司篤訳、マリオ・カンドゥッチ監訳、聖母の騎士社、聖母文庫、一九九七年）

『記念誌 長崎原爆六〇周年常清高等実践女学校、神戸空襲六〇周年聖マリア女学校』（ショファイュの幼きイエズス修道会日本管区、二〇〇五年）

山上勲「ヒロメナ・ワランチン・アントニン女史伝」(『港の風雪百年』春秋社、一九六八年所収)
アントニオ平秀應『宣教師たちの遺産　フランシスコ会カナダ管区』(フランシスコ会アントニオ神学院、一九八八年)
石田貞「証言埼玉抑留所(証言者竹沢正義)」(「埼玉県近代史研究」創刊号、一九九四年)
秋田県警察史編纂委員会『秋田県警察史』下巻(秋田県警察本部、一九七一年)
高瀬毅『ナガサキ――消えたもう一つの「原爆ドーム」』(文藝春秋、二〇一三年)
永井隆『この子を残して』(大日本雄弁會講談社、一九四九年)
永井隆『長崎の鐘』(日比谷出版社、一九四九年)
秋月辰一郎『長崎原爆記――被爆医師の証言』(弘文堂、一九六六年)
秋月辰一郎『死の同心円』(講談社、一九七二年)
奥住喜重・工藤洋三・福林徹『捕虜収容所補給作戦――B-29部隊最後の作戦』(二〇〇四年)
笹本妙子『連合軍捕虜の墓碑銘』(草の根出版会、二〇〇四年)

《前編》
田口芳五郎『滿洲帝國とカトリック教』(カトリック中央出版部、一九三五年)
岡延右衛門『支那事變とローマ教皇廳』(榮光社、一九三七年)
鷲山第三郎『支那天主公教會の實情』(福村書店、一九四一年)
チャールズ・カラン・タンシル『裏口からの参戦』上下(渡辺惣樹訳、草思社、二〇一八年)
西山俊彦『カトリック教会の戦争責任』(サンパウロ、二〇〇〇年)
小坂井澄『ローマ法王の権力と闘い』(講談社+α新書、二〇〇二年)
大澤武男『ローマ教皇とナチス』(文春新書、二〇〇四年)
オリーヴ・ハジス他『私たちのハジス先生』(成美学園、一九六五年)
鶴見俊輔・加藤典洋・黒川創『日米交換船』(新潮社、二〇〇六年)
清沢冽『暗黒日記』(評論社、一九八〇年)
ヌヴェール愛徳修道会監修『マ・メール――海を渡ってきた修道女たち』(聖母教育文化センター、二〇〇〇年)
上田浩二・荒井訓『戦時下日本のドイツ人たち』(集英社新書、二〇〇三年)

三神國隆『海軍病院船はなぜ沈められたか――第二氷川丸の航跡』（光人社NF文庫、二〇〇五年）
「イエズス会十六人被爆　ドイツ人神父ら広島の惨禍発信」（中国新聞、二〇一九年十一月十二日）
スチュアート・ヘンリ「昭和十七年小樽　四十名のアリュート人」（「諸君！」一九八〇年十月号）
望月紀子『ダーチャと日本の強制収容所』（未来社、二〇一五年）
遠藤雅子『赤いポピーは忘れない――横浜・もう一つの外人墓地』（グラフ社、二〇〇二年）
レオノラ・エディス・リー「戦中覚え書」（『松蔭女子学院史料』第八集、松蔭女子学院、二〇〇八年所収）
志村辰弥『教会秘話』（中央出版社、一九七一年）
野村吉三郎『米國に使して――日米交渉の回顧』（岩波書店、一九四六年）
來栖三郎『泡沫の三十五年』（文化書院、一九四八年）
小宮まゆみ「太平洋戦争と横浜の外国人――敵産管理と敵国人抑留」（神奈川県高等学校教科研究会社会科部会歴史分科会編『神奈川の歴史をよむ』山川出版社、二〇〇七年所収）
小宮まゆみ「戦時下横浜外国人の受難――厚木市七沢の抑留所を中心に」（『横浜と外国人社会 ― 激動の20世紀を生きた人々』日本経済評論社、二〇一五年所収）
文部省編『学制百年史』（帝国地方行政学会、一九七二年）
国会図書館憲政資料室（GHQ資料）「Civil Internment Camp at Tateai, Akita-ken, Honshu, Japan」（LS-36389）
国会図書館憲政資料室（GHQ資料）「Civilian Internment Camp at Kemansai-Machi, Kazuno-Gun, Akita-Ken」（LS-17166）
石戸谷滋『フォスコの愛した日本』（風媒社、一九八九年）
フォスコ・マライーニ『随筆日本　イタリア人の見た昭和の日本』（松籟社、二〇〇九年）
小林信彦『一少年の観た聖戦』（筑摩書房、一九九五年）
熊本県教育会阿蘇郡支会『阿蘇郡誌』（一九二六年）
セルギウス・ペシェク『越えて来た道』（聖母の騎士社、聖母文庫、一九九六年）
ルイズ・ルピカール『ルイズが正子であった頃』（未知谷、二〇〇六年）
Roger Mansell, « Civilian Internment Camps in Japan », Rev. December 27, 2016, *Allied POWS Under the Japanese*, http://mansell.com/pow-index.html
添田町史編纂委員会『添田町史上巻』（添田町、一九九二年）

熊本県警察史編さん委員会編『熊本県警察史』第二巻（熊本県警察本部、一九八二年）
永井荷風『荷風全集第二十四巻』（岩波書店、一九六四年）
松田存『作州勝山の文学と歴史』（私家版、二〇〇五年）
逸見勝亮『学童集団疎開史』（大月書店、一九九八年）
内務省「外国人居住地域ニ関スル件」（国立公文書館蔵、アジア歴史資料センター Ref. A14101314300）
ロベール・ギラン『日本人と戦争』（根本長兵衛・天野恒雄訳、朝日文庫、一九九〇年）
宮原安春『軽井沢物語』（講談社文庫、一九九四年）
大堀聰『心の糧（戦時下の軽井沢）Wartime Karuizawa』（二〇二〇年）
髙川邦子『アウトサイダーたちの太平洋戦争――知られざる戦時下軽井沢の外国人』（芙蓉書房、二〇二一年）
山口由美『クラシックホテルが語る昭和史』（新潮文庫、二〇一二年）
山崎豊子『二つの祖国』（新潮社、一九八三年）
アメリカ議会 戦時民間人再定住・抑留に関する委員会『拒否された個人の正義 日系米人強制収容の記録』（読売新聞社外報部訳編、三省堂、一九八三年）
田名大正『サンタフェー・ローズバーグ 戦時敵国人抑留所日記 第一巻』（山喜房佛書林、一九七六年）
A・ボズワース『新版 アメリカの強制収容所――戦時下日系米人の悲劇』（森田幸夫訳、新泉社、一九八三年）
ヨシコ・ウチダ『荒野に追われた人々――戦時下日系米人家族の記録』（波多野和夫訳、岩波書店、一九八五年）
小平尚道『アメリカ強制収容所』（玉川大学出版部、一九八〇年）
寺崎英成、マリコ・テラサキ・ミラー『昭和天皇独白録・寺崎英成御用掛日記』（文藝春秋、一九九一年）
A・カーリー・バクストン「さまざまな色合いの抑留――大日本帝国における戦時下の敵国民間人の抑留――」（立教大学大学院「二十一世紀社会デザイン研究」第十四号、二〇一五年）
工藤美代子『黄色い兵士達――第一次大戦日系カナダ義勇兵の記録』（恒文社、一九八三年）
諸岡幸麿『アラス戦線へ――第一次世界大戦の日本人カナダ義勇兵』（えにし書房、二〇一八年）
田口修治『戰時下アメリカに呼吸する』（昭和圖書、一九四二年）
中澤健『アメリカ獄中より同胞に告ぐ』（鱒書房、一九四三年）
赤坂正策『アメリカ監禁生活記』（日本出版社、一九四三年）

中野五郎『祖國に還へる』（新紀元社、一九四三年）
澤龍『GHQに没収された本 増補改訂　総目録』（サワズ&出版／さわや、二〇〇五年）
メーベル・フランシス『ひとりが千人を追う』（G・B・スミス編、いのちのことば社、一九六九年）
明治学院九十年史編集委員会『明治学院九十年史』（一九六七年）
Parenthèse dans un Apostolat — Les Sœurs de l'Assomption de la S. V. au Japon durant la guerre 1941-1945（『使徒職の小休止――一九四一～一九四五年の戦争の間の日本における聖母被昇天修道会』）, Nicolet, 1949.
『宮城県カトリック教会百年のあゆみ』（カトリック元寺小路教会、一九八一年）
仁多見巌『北海道とカトリック（戦前編）』（中川宏神父監修、「北海道とカトリック」出版委員会、一九八三年）
小野忠亮『青森県とカトリック』（百年史出版委員会、一九八二年）
赤沼三郎『抑留日記――蘭印濠洲三百日』（春陽堂、一九四四年）
三國一朗（きき手）「白人婦女子抑留所長だった私」（テレビ東京編『証言・私の昭和史3太平洋戦争前期』文春文庫、一九八九年所収）
巣鴨法務委員会（代表東邦彦）『戦犯裁判の実相』復刻版（不二出版、一九八一年）
田中宏巳『BC級戦犯』（ちくま新書、二〇〇二年）
内海愛子「加害と被害」（歴史学研究会編『講座世界史8　戦争と民衆』東京大学出版会、一九九六年所収）
ネル・ファン・デ・グラーフ『ジャワで抑留されたオランダ人女性の記録』（渡瀬勝・内海愛子訳、内海愛子解説、梨の木社、一九九六年）
シャーリー・フェントン・ヒューイ『忘れられた人びと――日本軍に抑留された女たち・子どもたち』（伊吹由歌子他訳、内海愛子解説、梨の木社、一九九八年）
Robert Bellaire, « Tokyo Nightmare »（ロバート・ベレア「東京の悪夢」）, *Collier's*, September 26, 1942.
John Hill Raudy, The Price of News : American War Correspondent Casualties（『ニュースの代価 ― アメリカの戦争特派員の犠牲者』）, Thesis in Mass Communications, Texas Tech University, 1977.
Robert Bellaire, « Writer Describes Tokyo Treatment », *The New York Times*, July 25, 1942.
ジョゼフ・C・グルー『滞日十年（下）』（石川欣一訳、毎日新聞社、一九四八年）
オットー・D・トリシャス『トーキョー・レコード（下）』（鈴木廣之・洲之内啓子訳、中公文庫、二〇一七年）
ローランド・ハーカー「日本日記」（『青山学院と平和へのメッセージ』、一九八八年所収）
« Army rites for Bellaire — Writer killed in mishap in Japan to get military funeral », *The New York Times*, October 2, 1945.

J・B・ハリス『ぼくは日本兵だった』（旺文社、一九八六年）
丸山慶子「アジア太平洋戦争における敵国人の処遇――東京抑留所を中心に――」（『恵泉アカデミア』第十一号、二〇〇六年）
神奈川県警察史編纂委員会『神奈川県警察史』中巻（神奈川県警察本部、一九七二年）
シディンハム・デュア「シディンハム・デュアの抑留日記」（『横浜と外国人社会――激動の20世紀を生きた人々』日本経済評論社、二〇一五年所収）
シディングハム・イーンド・デュア『英国人青年の抑留日記　戦時下日本の敵国人抑留所』（論創社、二〇一一年）
紺野滋『福島にあった秘められた抑留所』（歴史春秋社、一九九一年）

《後編》

Ancestry, « Mary Gertrude E Gregory », https://www.ancestry.com/
小川英子「人物を通してみる聖母女学院のあゆみ――メール・サン・ジャンのこと」（『聖母女学院研究紀要第二十六集別冊　創造の輝き』一九九七年）
Marguerite Duras, *Hiroshima mon amour*, Gallimard, coll. folio, 2018.
François Veuillot, *Dom de Laveyne et la Congrégation des Sœurs de la Charité et de l'Instruction chrétienne de Nevers*, Alsatia, 1938.
Giusy Venturelli Abenavoli, *Une aventure apostolique depuis 1680 —Les Sœurs de la Charité de Nevers*（『一六八〇年以来の使徒的冒険―ヌヴェール愛徳修道会』）, Traduit par Bianca Mariacher, Les éditions de l'officine, 2002.
フォルカード『幕末日仏交流記』（中島昭子・小早川百合訳、中央公論社、中公文庫、一九九三年）
ロジェ・オーベール他『キリスト教史9　自由主義とキリスト教』（上智大学中世思想研究所編訳・監修、講談社、一九八二年）
大津尚志「フランスにおけるフェリー退陣以降の道徳・市民教育（1885-1914）」（武庫川女子大学「教育学研究論集」十三号、二〇一八年）
伊達聖伸『ライシテから読む現代フランス』（岩波書店、岩波新書、二〇一八年）
Institut de Recherche France-Asie,«Jean-Baptiste CASTANIER», https://www.irfa.paris/fr/notices/notices-necrologiques/castanier-1877-1943
聖母女学院五十周年記念誌編集委員会編『五十年誌』（聖母女学院、一九七三年）
ヌヴェール愛徳修道会監修『ボンジュール　マ・メール』（聖母教育文化センター、二〇〇三年）
『稲畑勝太郎君傳』（高梨光司編、稲畑勝太郎翁喜壽記念傳記編纂會、一九三八年）
岡田清治『リヨンで見た虹――　稲畑勝太郎・評伝』（日刊工業新聞社、一九九七年）
アントニン・レーモンド『自伝アントニン・レーモンド』（三沢浩訳、鹿島出版会、二〇〇七年）

荒井信一『空爆の歴史 ― 終わらない大量虐殺』（岩波新書、二〇〇八年）
アンドレ・ヴィオリス『1932年の大日本帝国 ―― あるフランス人記者の記録』（大橋尚泰訳、草思社、二〇二〇年）
高木一雄『大正・昭和カトリック教会史2』（聖母の騎士社、一九八五年）
大原社会問題研究所『太平洋戦争下の労働運動』（労働旬報社、一九六五年）
内務省警保局外事課「昭和十九年一月二十日現在　伊太利人抑留者名簿」（外交史料館蔵、アジア歴史資料センター Ref. B02032546500）
内務省「LIST OF INTERNEE, 31. 8. 1945」（国立公文書館蔵、アジア歴史資料センター Ref. A06030111000）
内務省「昭和二十年九月一日　抑留者名簿」（国立公文書館蔵、アジア歴史資料センター Ref. A06030110000）
福林徹「神戸にあった捕虜収容所と敵性外国民間人抑留所」（『歴史地理教育』七二二号、歴史教育者協議会、二〇〇七年十一月）
『北野『雑居地』ものがたり』（こうべ北野町山本通伝統的建造物保存会、二〇一八年）
神戸空襲を記録する会『神戸大空襲』（神戸新聞総合出版センター、のじぎく文庫、二〇〇五年）
Prudent Monfette, O.F.M., « Des souvenirs qui me déchirent le cœur »（プリュダン・モンフェット「心ひき裂かれる思い出」）, *Missions des Franciscains*, été 1982.
伊藤整『太平洋戦争日記（三）』（新潮社、一九八三年）
安野眞幸『教会領長崎 ―― イエズス会と日本』（講談社、二〇一四年）
ルシオ・デ・ソウザ／岡美穂子『大航海時代の日本人奴隷　増補新版』（中央公論新社、二〇二一年）
『日本の要塞』（学研プラス、歴史群像シリーズ、二〇〇三年）
高橋康夫他編『図集日本都市史』（東京大学出版会、一九九三年）
布袋厚『復元！被爆直前の長崎』（長崎文献社、二〇二〇年）
« Un missionnaire remarquable : Père Prudent-J. (Gérard) Monfette, O.F.M. »（「或る優れた宣教師 ―― フランシスコ会プリュダン・J・（ジェラール・）モンフェット神父」）, *Missions des Franciscains*, août 2012.
コンベンツアル・フランシスコ会『コンベンツアル・フランシスコ会来日50年の歩み』（橋口佐五エ門監修・水浦征男編、聖母の騎士社、一九八〇年）
小崎登明『ながさきのコルベ神父』（聖母の騎士社、聖母文庫、一九八八年）
小崎登明『十七歳の夏』（聖母の騎士社、聖母文庫、一九八六年）
小崎登明「原爆の年のクリスマス」（朝日新聞長崎総局『ナガサキノート』朝日新聞出版、二〇〇九年所収）
Roger Mansell, « Nagasaki Civilian Internment Camp », *Allied POWS Under the Japanese*, http://mansell.com/pow-index.html

Richard Leclerc, *Des lys à l'ombre du mont Fuji—Histoire de la présence de l'Amérique française au Japon*（リシャール・ルクレール『富士山の蔭に咲く百合——北米フランス人の日本での活動の歴史』）, Éditions du Bois-de-Coulonge, 1995 (Bibliothèque et Archives nationales du Québec.)
長崎県警察史編集委員会『長崎県警察史 下巻』（長崎県警察本部、一九七九年）
カトリック長崎大司教区編『旅する教会—— 長崎邦人司教区創設五十年史』（カトリック長崎大司教区、一九七七年）
松居桃楼『ゼノ死ぬひまない』（春秋社、一九六六年）
長崎市『長崎原爆』（長崎国際文化会館、一九七二年）
和田勝恵「三次にあった敵国人抑留所」（季刊「広島人」一九九二年夏季号）
長崎市・長崎原爆資料館編『長崎原爆戦災誌』第一巻〜第五巻（長崎国際文化会館、一九七七〜二〇〇六年）
斉藤恵子「聖母被昇天修道会による明の星学園における教育の理念と実際」（青山学院女子短期大学総合研究所年報第八号、二〇〇一年）
大橋尚泰『フランス人の第一次世界大戦——戦時下の手紙は語る——』（えにし書房、二〇一八年）
杉原高嶺『基本国際法』第三版（有斐閣、二〇一八年）
山内進「明治国家における「文明」と国際法」（「一橋論叢」一一五巻一号、一九九六年）
ルイス・マカリオ『四国キリシタン史』（一色忠良訳、四国キリシタン史刊行委員会、一九六九年）

昭和 14 年 (1939)	30	〔9 月 1 日、ドイツがポーランドに侵攻、第二次世界大戦が始まる〕
昭和 15 年 (1940)	31	4 月 13 日に来日し、香里の聖母女学院で英語とピアノを教える 〔6 月、ドイツ軍がパリを占領、ヴィシー政権成立〕
昭和 16 年 (1941)	32	9 月 23 日、永久誓願（終生誓願）を宣立 〔12 月 8 日、真珠湾攻撃、太平洋戦争が始まる〕
昭和 17 年 (1942)	33	4 月、教壇に立つことが禁じられる 〔6 月・7 月、第 1 回日米交換船・日英交換船が日本を出港〕 9 月 23 日、神戸の抑留所（イースタン・ロッヂ）に収容される
昭和 18 年 (1943)	34	〔9 月 8 日、イタリアが降伏〕 〔9 月、第 2 回日米交換船が日本を出港〕
昭和 19 年 (1944)	35	〔6 月 6 日、ノルマンディー上陸作戦〕 7 月 2 日、長崎の抑留所（聖母の騎士小神学校）に移される
昭和 20 年 (1945)	36	〔5 月 8 日、ドイツが降伏、ヨーロッパでの戦闘が終結〕 〔8 月 6 日、広島に原爆投下〕 8 月 9 日、長崎で原爆に立ち会う 8 月 17 日、戦争終結を知らされる 9 月 13 日、長崎港に碇泊するアメリカ軍の病院船に乗船 太平洋（船）、北米大陸（鉄道）、大西洋（船）を経てイギリスに帰国
昭和 21 年 (1946)	37	1 月 19 日、ヌヴェールの本部修道院に到着 本書を執筆
昭和 22 年 (1947)	38	本書刊行
平成 14 年 (2002)	94	11 月 3 日、94 歳でイギリスのブライトンで逝去

＊没年以外は誕生日前の年齢

マリー＝エマニュエル修道女略年譜

年	年齢*	できごと　〔　〕内は関連するできごと
天文18年 (1549)		〔フランシスコ・ザビエルが日本にキリスト教を伝える〕
天正15年 (1587)		〔豊臣秀吉がバテレン追放令を発布〕
慶長元年 (1597)		〔長崎で日本二十六聖人が処刑される〕
寛永14年 (1637)		〔長崎の東で島原の乱が起こり、翌年鎮圧される〕
寛永16年 (1639)		〔長崎の出島だけが外国との接点となる（鎖国）〕
延宝8年 (1680)		〔フランスでヌヴェール愛徳修道会が設立される〕
弘化3年 (1846)		〔のちにヌヴェール司教となるフォルカード神父が長崎港に来航〕
安政4～5年 (1858)		〔南仏ルルドで少女ベルナデッタに聖母マリアが出現〕 〔安政の五か国条約により、外国人居留地でのキリスト教の活動が認められる〕
元治2年 (1865)		〔大浦天主堂のプティジャン神父の前に隠れキリシタンが現れる〕
慶応2年 (1866)		〔ベルナデッタがヌヴェール愛徳修道会に入る〕
明治41年 (1908)	0	11月1日、イギリスのロンドン郊外ハーロウで誕生
大正10年 (1921)	12	〔ヌヴェール愛徳修道会の7人の修道女が初来日〕
大正12年 (1923)	14	〔聖母女学院が大阪の玉造に設立される〕
昭和5年 (1930)	21	〔マクシミリアン・コルベらポーランド人修道士が初来日し、翌年、長崎に聖母の騎士修道院を設立〕
昭和7年 (1932)	23	〔聖母女学院が寝屋川市の香里に移転〕 ヌヴェール愛徳修道会に修練女として入会
昭和10年 (1935)	26	9月24日、初誓願（有期誓願）を宣立

《訳・解説者紹介》

大橋尚泰（おおはし・なおやす）

1967年生まれ。早稲田大学仏文科卒。東京都立大学大学院仏文研究科修士課程中退。現フランス語翻訳者。

著書『ミニマムで学ぶフランス語のことわざ』（2017年、クレス出版）、『フランス人の第一次世界大戦――戦時下の手紙は語る』（2018年、えにし書房）。訳書『1932年の大日本帝国――あるフランス人記者の記録』（アンドレ・ヴィオリス著、2020年、草思社）。解説に『復刻 アラス戦線へ――第一次世界大戦の日本人カナダ義勇兵』（諸岡幸麿著、解説部分担当、2018年、えにし書房）などがある。

長崎の原爆で終わった抑留

イギリス人修道女の戦争体験記

2022年8月9日 初版第1刷発行

■著者　マリー＝エマニュエル・グレゴリー
■訳・解説者　大橋尚泰
■発行者　塚田敬幸
■発行所　えにし書房株式会社
〒102-0074 東京都千代田区九段南1-5-6 りそな九段ビル5F
TEL 03-4520-6930　FAX 03-4520-6931
ウェブサイト　http://www.enishishobo.co.jp
E-mail　info@enishishobo.co.jp
■印刷／製本　株式会社 厚徳社
■DTP・装幀　板垣由佳

　ISBN978-4-86722-110-5 C0036

えにし書房　好評既刊本

ISBN978-4-908073-55-7 C0022
定価：4,000円＋税／B5判／並製

フランス人の 第一次世界大戦

戦時下の手紙は語る

大橋尚泰 著

フランス人にとっての第一次世界大戦の全体像を浮かび上がらせる渾身の力作！

第一次世界大戦に従軍した兵士たちやその家族などによる、フランス語の肉筆で書かれた大戦中の葉書や手紙の原物に当たり、4年の歳月を費やして丁寧に判読し、全訳と戦況や背景も具体的に理解できるように詳細な注、解説、描き下ろした地図、年表等を付す。

約200点の葉書・手紙の画像を収録した史料的価値も高い異色の1冊。

〈復刻版〉アラス戦線へ

第一次世界大戦の日本人カナダ義勇兵

諸岡幸麿 著／**大橋尚泰** 解説

第一次世界大戦が始まると、英領カナダの西海岸に移住しながら激しい人種差別を受けていた日本人の地位向上のために約200人の日本人が立ち上がり、志願兵（義勇兵）としてカナダ軍に加わり、勇敢に戦った。そのうちの1人、北仏アラス戦線で重傷を負った諸岡幸麿が書いた幻の回想録を忠実に翻刻。諸岡の足跡などの新事実に加え、本文注釈や地図、写真など詳細な解説を120ページ以上増補。

長谷川伸が『日本捕虜志』（1955）『生きている小説』（1958）で紹介し、カナダ移民史の新保満が『石をもて追わるるごとく』（1975）他で言及し、工藤美代子が『黄色い兵士達』（1983）で大きく扱った幻の名著が解説付きで復刻。

ISBN978-4-908073-62-5 C0022
定価：3,900円＋税／四六判／並製